Okay life

Okay life

오케이 라이프

오송민 에세이

여전히 작고 소박한
나만의 기쁨에 대하여

메카르북스

지금 이대로도
충분한 날들

이만하면
괜찮은 생활

all okay
all love
all good
all hugs
all life

시작하며

잘 살고 싶었다.

돈을 많이 벌고
비싼 집에 사는 것도 좋지만
무엇보다 나답게, 나와 어울리게 잘 살고 싶었다.

작은 물건 하나에도 내 취향을 담고
매일 똑같은 일상에서도
나만의 깨알 같은 즐거움을 찾아내는 삶.
부딪히고 실망하며 늘 작은 걱정을 안고 살지만
지금 이대로도 충분하다고 말하는 삶.

세상에는 멋진 라이프가 많지만
아무래도 나에게는 오케이 라이프가 가장 잘 어울리는 것 같다.

부족하지도 넘치지도 않게
나다운 삶, 그래서 괜찮은 삶.

오케이 라이프.

whatever, whenever

wherever, okay

Contents

MON. TUE. WED. THU. FRI. SAT. SUN

WITH BIG LOVE AND CARE

always.

All okay

집으로 가는 길.

그런 걸 왜 찍냐는 소리를 들을 만큼
별거 아닌 장면이지만
나는 좋았다.

퇴근길에 노랗고 파란 걸 사서
비닐봉지에 덜렁덜렁 들고 가는 게.

별 탈 없이 잘 살고 있는 것 같아서 좋았다.

준비도 없이 어른이 되어 버린 사람
억울하면 눈물부터 나는 사람
밥 먹고 설거지는 바로 못 하는 사람

가방 속이 늘 지저분하고
드라마를 보며 울고 웃는 사람

상처받는 걸 싫어하지만 늘 함부로 말하고
물건을 자주 잃어버리지만 서운한 말은 잘 잊지 못하는 사람

남의 사랑에는 말이 많으면서 정작 내 사랑에는 무뚝뚝하고
술 취한 사람을 싫어하지만 자주 술을 마시는 사람

아빠 엄마의 애교 없는 큰딸
작가가 되고 싶은 사람

사우나와 국밥을 좋아하며
자유롭게 살자 하면서도 남의 눈치를 보는 사람

아직은 아니지만 언젠가 엄마가 될 사람
그리고 먼 훗날 아빠 엄마를 보내며
'더 많이 사랑할걸'이라는 후회를 하게 될 사람

I AM

whole
perfect
strong
thankful
healthy
kind
powerful
harmonious
happy

가난해도,
살면서 힘든 날이 많을지라도.

내가 선택한 사람과
나의 안목으로 고른 집에서
나만의 속도로 살아갈 자신.

가질 수 없는 것에 과한 욕심을 부리지 않고,
이만큼 가진 걸 이—만큼 가졌다고
말하지 않을 자신.

다른 건 몰라도
그런 자신은 있다.

Spring summer
fall winter
all all
okay.

no problem
no problem.

어제와 오늘의 기록

yesterday, today
records

무엇인지 생생하게 그릴 순 없지만
언제나 나답게 살고 싶다 생각했다.
그런데 그러기엔 나를 잘 몰라서
이유 없는 우울이 있었다.

앞만 보고 꿈을 향해 가는 친구가
벌써 자리 잡은 친구가
일찍 결혼한 친구가 부럽다.

지금의 나는
일도 사랑도 적당히,
그저 그렇게 충족된 상태.

딱히 모든 걸 뒤집고 다시 시작할 이유도
그렇다고 계속할 이유도 없는 것만 같다.

_지난날의 일기 1

 # All okay

자주 막연한 센티멘털에 빠진다.

이게 다 꿈 때문이다.
그 멋진 단어 때문에 그렇다.

나는 아직 내 꿈을 잘 모르는 것 같기도 하고
그런 핑계로 자꾸 미루고 있는 것 같기도 하다.

손에 잡히는 '내 꿈'이 없는데
자꾸 책에서는 꿈을 가지라고, 용기를 내라고,
멀리 떠나보라고만 한다.

난 꿈도 잘 모르겠고
대범하지도 않고
심지어 떠날 돈도 없는데.

요즘의 내가 마음에 들지 않는다.
친구들과 신나게 놀고 술에 취하고 노래도 불렀는데
속이 텅 비어 버렸다.

_지난날의 일기 2

All okay

하다못해
전화를 끊을 때도
응, 알겠어- 말한 다음에
응, 소리를 다시 듣고 끊어야 하고

누가 쿵 하고 문을 세게 닫으면
혹시 화났나? 생각하고

답장이 안 오면
내가 보낸 메시지를 다시 한 번 읽어본다.

회사를 그만두었다.
대단한 목표나 결심이 있는 건 아니었다.
자려고 누우면 내일 출근할 생각에
마음이 빼근해지는 것이 이유였다.
지금보다 훨씬 더 내가 꼭 필요한 곳에서 내가 어디까지 해낼 수 있는지 알고 싶었다.

회사를 그만두고 좋은 점은 알람을 맞추며 몇 시간 잘 수 있는지 세어보지 않아도 되는 것과 월요병이 없는 것.

금방 나에게 꼭 맞는 일을 찾고, 멋진 삶이 시작될 거라 생각했지만 그건 생각보다 쉽지 않았다. 시간만 앞으로 가고, 나는 그대로인 것 같은 날들이었다.

오늘은 뭘 해야 하는 걸까.
아무런 계획이 없는 오늘.

창문 밖으로 빛나는 얼굴과 근사한 가방, 분명 좋은 향기가 날 것 같은 여자가 지나간다. 아마도 출근길이겠지. 이상하게도 좀 초라한 기분이다.

오늘 아무런 계획이 없었다 해도
초라해지는 건 정말 계획에 없던 일인데.

기분이 가라앉는 것 같아 라디오를 크게 틀었다.
집에서 살림만 하는 자신이 초라해 보인다는
여자의 이야기가 나온다.
모르는 사람이지만
어쩐지 지금의 나와 비슷한 감정선을 가진 여자의 이야기.

사람 사는 거 다 똑같구나.
뜬금없이 초라해지고 얼떨결에 위로받았다.

나는 자주 우쭐해지고 자주 초라해진다.
잘 알지도 못하면서 누군가를 동경했다가 동정하기도 하고.

오늘만은 우쭐해하는 하루가 되기를
그 누구도 동경하지 않고, 동정하지도 않으면서.

_지난날의 일기 3

 # All okay

무엇이 사랑이고
누가 친구인지
어디서부터 행복이고
어디까지가 우울인지
잘 모를 때가 있다.
잘하고 있는 건지
지금 어디쯤 와 있는 건지
내가 제일 잘 알아야 할
나에 대해 모르는 게 너무 많다.

All okay

앞으로 무슨 일을 하고 싶은지
어떻게 하고 싶은지 생각해본다.

일은 사랑이 가시화된 것이라고 한다.

내 사랑은 무엇일까.
대체 어디에 있기에
나를 이렇게 고민하게 만드는 걸까.

무엇보다 내가 좋아하는 것을 재밌게 하면서 살고 싶다.
돈과 명예 이런 거보다,
나의 즐거움을 제일 우선으로 생각하면서.

이렇게 생각하니
불안한 마음이
한결 나아지는 것 같다.

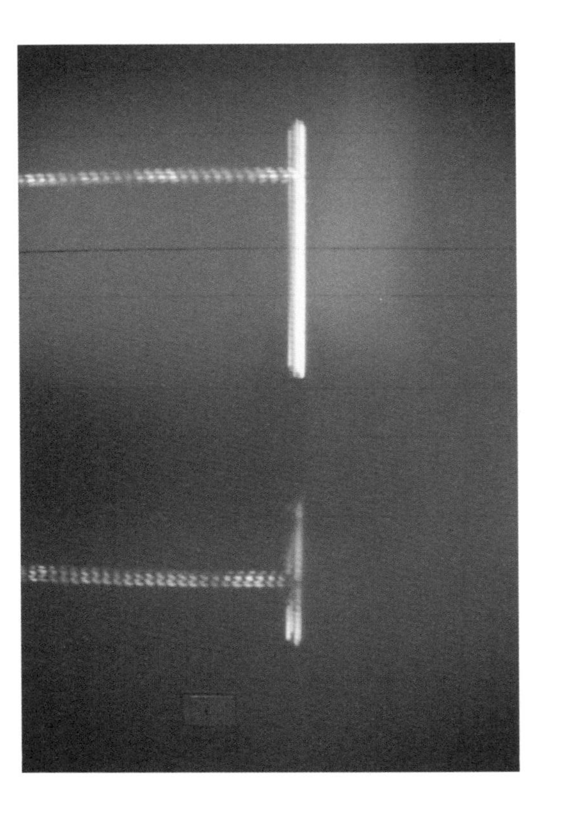

All okay

언제라도 할 수 있다고 생각해
미뤄둔 게 너무 많다.

유럽 배낭여행이나
우리 언제 밥 한번 먹자 같은 것들.

All okay

커피 한 잔에 행복하다며 호들갑을 떨고
늦잠으로 기다리던 주말을 망치고
여행을 좋아하지만 쉽게 떠나지 못하는 날들을 보낸다.

쿨하지도 못하면서 주위에 자주 무심하고
어차피 해결될 일인 걸 알면서도
수많은 걱정으로 긴 밤을 보내기도 한다.

작고 사소한 이유로 인생의 큰일을 결정해 버리고
어느 날은 꽃 한 송이 때문에 행복하다고 말한다.

마음에 드는 날도
마음에 들지 않는 날도 있다.
그렇지만 그 모든 날들이 나이기 때문에 괜찮다.

너무 행복하다고 말할 순 없지만
지금 이대로도 충분한 날들.

All okay

몰랐던 식물의 이름을 하나 알게 되고
과감한 빨간색 립스틱에 도전했을 때.

보고도 모른 척했던 화장실 곰팡이를 청소하거나
시장 볼 때는 어른처럼 야채를 더 많이 사는 것.

버스 기사님께 안녕하세요 인사를 하고
잠깐만요! 라는 소리에 엘리베이터 문을 열고 모르는 사람을 기다리는 것.

이런 건 나만 아는 나의 근사한 모습.

all okay

spring . flower picnic love strawberry
summer . beer . swimming . sea . travel .
fall . coffee . jazz . leaves . book . love
winter . snow . wine . candle . home . christmas

낮술과 꽃 선물

1.

오늘은 친구랑 낮술을 먹기로 했다.
밤에 먹는 술 말고 낮에 먹는 술.

인생을, 멋을
좀 아는 듯한 기분이 들어 좋아한다.

낮술 약속이 있는 날의 아침은
그냥 햇빛마저 드라마틱하게 느껴진다.

한 잔 두 잔 먹다 보니
평소에 하지 못한 말을 하게 되었다.
커피와 술은 그래서 다르다.
벌건 대낮에도 눈치 없이 진심을 말하게 된다.

술자리를 좋아하는 건
술잔을 앞에 두고 이야기할 때
그럴 때만 나오는
날 것 상태의 마음 때문일지도.

커피를 마시면서
"있잖아. 나 사실은."
그래, 이런 건 좀 멋없으니까.

2.

밤이 되어 애인을 만났다.
꽃을 좋아한다고 하루에 열 번쯤 말하니
이제는 아무 날이 아니어도 꽃을 사올 줄 안다.
네가 좋아하잖아, 라며 내미는 꽃 몇 송이에
날아가 버리는 일상의 권태로움.
피로가 우습게도 흩어져 버렸다.

오늘의 사랑 100을 잘 가지고 있다가
내 마음을 잘 몰라주고 서운하게 할 때마다
1씩 꺼내 쓰기로 한다.

오늘은 낮과 밤으로 넘치게 낭만적이다.

서운하다고 단호하게 말하기 뭐한 것들.
말투나 단어 선택, 목소리의 높낮이, 표정, 분위기.
자랑 아닌 척하는 자랑.
'난 원래 이래' 이런 말로 시작하는 대화.
'잘됐다' 말하지만 진심은 없는 응큼함.

나는 이런 것에 조금씩 계속해서 상처받았다.
그런 사람들을 만나고
집으로 돌아오는 길에는 마음이 많이 피곤했다.

나라고 왜 안 그러겠어.
나도 분명 누군가를 힘들게 할 거야.
그렇게 생각해 봤지만
아무래도 그런 사람들과는 불편했다.

나를 생각해주는 척하면서
사실은 나에게 상처를 주는 사람.

그래, 진심을 주지 않는 사람에게
내가 진심을 줄 필요는 없겠지.

사실은 내키지 않으면서 오늘 시간 좋다고,
안 괜찮으면서 괜찮다고,
그렇게 말하며 피곤해지지는 말아야지.

중요한 건
좋아 보이는 인간관계가 아니라
진짜 좋고 편안한 내 마음.

별일 없이 산다.

시시하다고 생각했던 이 말이
사실은 굉장히 평화롭고 안정감 있는 말이라는 걸
나이를 먹으며 깨닫는다.

'좋다, 좋다' 하면 진짜 좋아지고
'괜찮다, 괜찮다' 하면 진짜 괜찮아진다.

모든 일은 마음먹기 나름.
정말 그렇다.
그렇게 하기로 하면 그렇게 되는 것이다.

좋다.

괜찮다.

오늘도 별일 없이 산다.

그렇게 하기로 했다.

나의 사진들

my pictures

문득
누군가 생각이 날 때
잘 지내나 싶을 때
프로필 사진을 살펴본다.

사진은
그 사람의 현재, 마음, 취향을 가장 잘 보여준다.

친했지만 연락이 뜸해진 친구는
혼자 먼 곳으로 여행을 갔나 보다.
여전히 멋지게 잘 지내고 있구나.

늘 남자친구와 함께였던 친구의 프로필 사진이
혼자 있는 사진으로 바뀌었다.
혹시 헤어진 건가.

친구라고 말하기 어색한 그 사람은
밑도 끝도 없는 의미심장한 말을 써놓았다.
아마도 누군가에게 알아달라는 표현을 하고 있는 거겠지.

웃는 사진이면 잘 지내는구나, 하고
그렇지 않으면 잘 지내는지, 궁금해한다.

JIM DINE
ETCHING
Lithography
WOOD CUT

어느 것으로도 상처받지 않고
어떤 미움이나 원망도 묻히지 않는
새하얀 색 하루가 되기를 바라는 아침.

옛날 사진을 보면 눈물이 날 것 같다는
엄마의 말을 점점 이해하게 된다.

오늘의 사진도 금방
그리운 옛날 사진이 되겠지.

인스타그램

뜬금없이 잘 모르는 누군가가 부러워지고
이렇게 멋진 곳도 있구나 알게 되고
지인의 좋은 소식에 질투가 나기도 하고
날씬하고 예쁜 사람은 왜 이리 많아 생각했다가
어떤 날은, 역시 사람 사는 거 다 똑같구나 느끼고
그동안 몰랐던 인생의 크고 작은 귀여움도 알게 되는 것.
나는 뭐 올릴 거 없나 사진첩을 살펴보게 되는 것.

그리고
누가 읽어주길 바라는
혼자만의 일기를 쓰는 것.

작은 화면 안에는 많은 사람들이 있다.

어느 날은 핸드폰 속 세상이 너무 시끄러워
책상 위에 두고 모른 척했지만
어느 날에는 얼굴 한 번 본 적 없는
누군가의 안부가 궁금하기도 했다.

멋진 치약을 따라 샀는데 알고 보니 립밤이었던 일.
그런 줄도 모르고 신나게 양치를 했던 일.
누군가 괜찮다 했던 비싼 로션을 큰맘 먹고 사서
콩알만큼 아껴 바르던 일.
누군가 보던 예술영화가 멋있어 보였지만
나에게는 너무 지루해 한참이나 졸던 일.
내가 생각해도 웃음 나오는 일들.

모두 인터넷을 하면서 생긴 일.

LIKE

LOVE

LIVE

LIFE

친구가 그랬다.
연애할 때는 꼭 밀고 당기기를 해야 한다고.

너무 자주 만나면 안 되고
답장도 곧바로 보내지 말라고 했다.

어느 날에는 밀어야 하고
또 어느 날에는 당겨야 하는 사람과의 연애라면 난 싫은데,
친구는 자꾸만 그래야 하는 거라고 했다.

이럴까 저럴까 하는 불안함 없이
내 사랑을 아낌없이 펑펑 낭비하고 싶다.

마음껏 좋아하고
마음껏 사랑받고 싶다.

All okay

이 친구를 만나면 이런 사람이 되고
저 친구를 만나면 저런 사람이 된다.
그렇다고 혼자 있을 때 완벽히 내가 되는 것
그것도 아닌 것 같다.

이것도 저것도 분명 나일 텐데.
어떤 것이 진짜 나인지
서른이 훨씬 넘은 지금도 고민이 된다.

인생은 아름다워 보다는
인생 뭐 있어

잘 될 거야 보다는
잘 되겠지 뭐

이렇게 생각해보기로 한다.

no problem
no problem
no problem
no problem
no problem
NO.NO.NO
NOPROBLEM
problem
NOPROBLEM
okay you.
and. no worries
forever
the springtime of life
the flower of youth

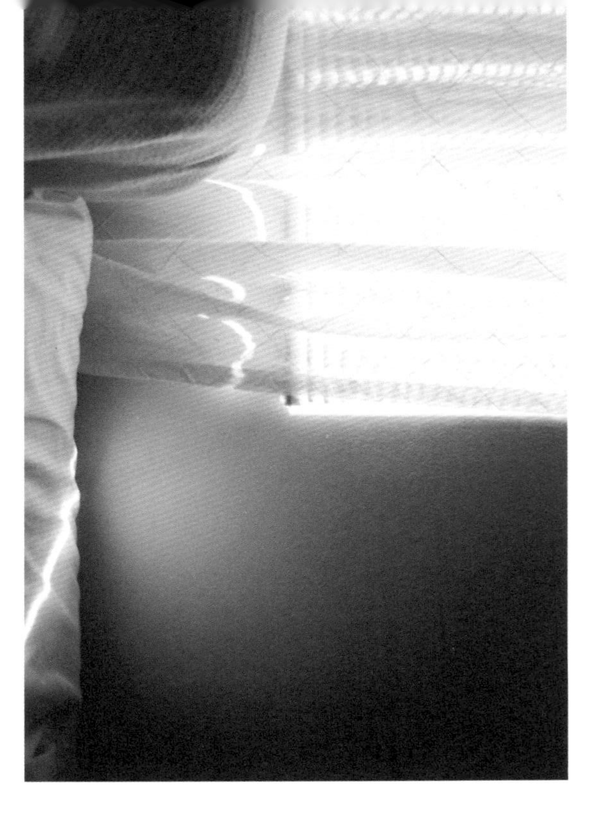

All okay

친구와의 술 한 잔
고민 상담이나 넋두리
그런 것에서 걱정이 해결될 줄 알았는데

결국 나에 대해 알게 된 때는
혼자서 조용히 일기를 쓰고,
내 안의 고요를 살펴볼 때였다.

마음속 바다 깊숙이 들어가 천천히 둘러보고
다시 밖으로 나오면
세상은 그대로였지만 나는 달라져 있었다.

아, 답답하다
로 시작해서는
그래, 다시 해보자
로 끝나 있었다.

글쓰기는 나를 일어서게 하는 힘이 있다.
나는 작가보다는 매일 일기 쓰는 사람이 되고 싶었는지도 모르겠다.

All okay

롤러코스터의 어느 하루를 듣는다.

어느 하루

사직서를 내고 기뻤던 하루
가족을 미워하고 내 자신도 미워했던 하루
미용실에서 머리를 망쳐놓은 하루
집에 와서 다시 만져봐도 역시나 망친 머리의 하루
고작 냉면에 감동받은 하루
혼자서 처음 한강을 달린 하루

롤러코스터의 노래는 몇 년 전의 통영 바다를 데리고 왔다.
노래를 더 크게 듣고 싶어서 귀에 꽂은 이어폰을 손으로 꾹 누른다.

나는 바다 앞에 쪼그리고 앉아 있지만
다행히 울고 있지는 않다.
혼자였던 그날의 통영 바다는
파도도, 바람도 느리게 움직이는 것 같다.

언제까지일지 모르겠지만
롤러코스터의 '어느 하루'는 내게 통영 앞바다이다.

그날은 이별을 했던 하루였다.

All okay

사람이랑 사람.
이 인간관계는 말여.
따악, 한 끗 차이로 결정 나는 거여.
큰 거에서 바뀌는 게 아니여.
사람 맘이라는 게 요매난 거
그런 거에서 맘이 탁! 가버리는 거여.

술에 취한 아빠가
이런 말들을 하고 전화를 끊었다.

그래, 맞다.

나를 기억해주는 요매난 선물에,
내 마음은 항상 그 요매남에 무너졌었다.

아빠 말이 다 맞다.

오래된 물건

OLDIE BUT GOODIE

oldie but goodie

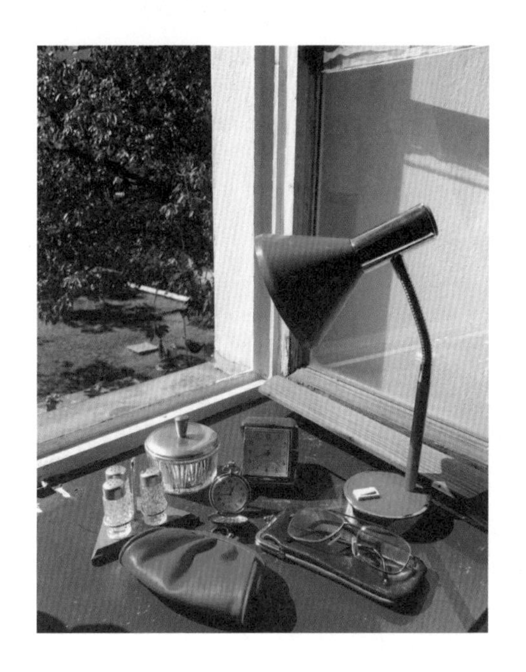

오래된 물건을 좋아한다.
빈티지라고 말하는 멋진 것들을 포함해서
낡고 닳은 어딘가 좀 구식인 것들까지.

등나무 의자, 자개장
라탄 바구니, 옛날 집의 나무 천장
오래된 스위치, 지금은 보기 어려운 시골집의 방범창
골목길 끝의 허름한 식당, 재래시장
처녀시절 엄마의 옷

오래된 모든 것을 좋아한다.

나와 잘 맞는 사람, 공간, 물건을
예민한 안목으로 찾아내고

함께 잘 버무려져 사는 것.

예민이라는 말은
이때에만 쓰는 것이 제일 좋을 것 같다.

All okay

아끼고 싶은 기억들이 있다.

처음 비행기를 타던 날
마침내 고속도로 첫 운전을 성공했을 때
친구들과 갔던 바다 여행
독립한 집에서 설레던 첫날밤
'토마토 재워놨어'라는 엄마의 메모와
설탕물에 잠든 토마토를 깨워 먹던 여름날.

그 기억들을 착착 포개어 상자에 넣는다.

뚜껑을 열어서 다시 꺼내보면
그 기억들이 와르르 쏟아져
내 앞에 생생히 살아날 것만 같다.

그런 돌아가고 싶은 순간들 때문에
눈물이 나올지도 모르니까
열어보지 않아도
상자 안이 훤히 보이도록
투명한 유리뚜껑을 덮어놓는다.

가끔씩 뚜껑 밖에서 슬쩍 들여다보고
그 기억들이 잘 있다는 것만 알아도 충분할 것 같다.

All okay

모두가 느낄 수 있는 유머와 위트
멋지지만 어렵지는 않은 것
대책 없는 솔직함
평범하지만 지루하지 않은 것
설명할 수 없는 따뜻함
의외의 귀여움
부담스럽지 않은 친절함

내가 좋아하는 것들에는
이런 매력이 있다.

고양이 미요미

my little cat

miyomi

아직도 믿기지 않지만 고양이와 함께 살고 있다.
불과 얼마 전까지만 해도 상상할 수 없었던 일.

나는 길고양이를 키우게 되었다.

우리 회사 사무실을
자기 집처럼 드나들며
뻔뻔하게 소파에 누워 잠을 자고
대책 없이 애교가 많은
마르고, 작고, 좀 많이 꼬질꼬질한 고양이.

어느 여름날
휴가기간 동안 닫혀 있던 사무실 문 앞에 웅크리고
매일같이 나를 기다렸다는 주인아주머니 말 때문에,
나는 처음으로 동물에게 미안함을 느꼈다.
너무나 마르고 작아서 또 미안함을 느꼈다.
그때부터 고양이 대신에 미요미라고 부르기 시작했다.

비가 무섭게 내리던 날
어디서 비를 피하고 있는지 걱정돼
미요미- 라고 야호 하듯이 불렀더니
거짓말처럼 저 멀리서 비를 맞으며
나에게 뛰어오던 고양이.
추워서 온몸을 부들부들 떨면서도
나를 반가워하던 고양이.
그날부터 3년이 지난 오늘까지
미요미는 나와 함께 살고 있다.

그때처럼 비가 많이 오는 날이면
그날이 생각나냐는 쓸데없는 질문을 해보는데
당연히
그리고 아주 다행히

미요미는 말이 없다.

미요미.

고양이 대신에 이제는 그렇게 부르게 되었다.

앞으로 함께 살아가기로 결심한
내가 선택한 가족.

미요미와 함께 사는 건 생각보다 쉽지 않았다.

나는 고양이에 대해 아무것도 모르고
미요미도 나를 몰라서
서로가 낯설고 삐걱거리던 날들.

뭐가 마음에 안 드는지
매일 이불에 오줌을 쌌고
어느 날은 밤새 돌봐야 할 만큼 아프기도 했다.

미요미를 안고 동물병원으로 뛰어가던 그날,
복잡한 마음에 눈물이 쏟아졌다.

미요미를 집으로 데려오기로 마음먹었을 때
집도 없고 먹을 것도 없는 이 작은 길고양이가
나와 같다고 생각했던 것 같다.
처음 서울에 올라와 힘들고 가난했던 나와 같다고.

자유롭게 잘 살고 있는 애를
괜히 내 마음대로 데려와 아픈 건 아닐까.
마음이 아렸다.

어느 하루는 모든 것이 미안하면서도
온 집안의 고양이털 때문에 괴롭고
또 하루는 대책 없는 애교에 녹아버리다가

뜬금없는 따뜻함에 위로받기도 하고.

언제나 미안함이 반, 귀여움이 반
미움과 사랑이 반반이었다.

어느 날은 내 앞에 툭, 잠자리를 가져다주었는데
그것이 고양이가 하는 고마움의 표현이라는 말을 들었다.

아마 우리는 그때부터 진짜 가족이 되었던 것 같다.

미요미

널 좋아해.

여전히 내 이불에 오줌 싸는 한결같은 너를.

언젠가 네가 먼저 나를 떠나게 되겠지.

그 슬픈 날이 부디 천천히 천천히 왔으면 좋겠다.

고양이나 강아지와 함께 살다 보면 알게 된다.
서로의 사랑과 외로움이 얼마나 진하게 채워지는지.
우리 둘만 아는 귀여움이 얼마나 특별한지를.

그런데 고백하자면
가끔은 피곤할 때가 있었다.

집을 비우고 여행 가는 일이 쉽지 않고.
밥도 챙겨주고 화장실 청소도 해야 하고.
어느 날은 아플까 걱정.
어느 날은 심심할까 걱정.

그동안은 세상에 신경 쓸 것이
나 하나였던 삶이었기 때문에
이런 것들이 부담이고 어려움이었다.

그런데 그런 내가 뭐가 좋다고
하루 종일 나를 기다려
내 작은 손짓 하나에 기뻐하는지.
그르릉 그르릉 기분 좋은 소리를 내며 내 품에서 잠이 드는지.

내 품을 가장 안전한 곳이라 생각하는 존재가 있어
나의 삶은 달라지고 있다.

그저 나 하나였던 삶에서
작은 생명과 함께하는 기쁜 책임감이 있는 삶으로.

마르고 작고 좀 많이 꼬질꼬질한
어느 길고양이가 나를 그렇게 만들어 주었다.

미요미의 하루

AM 10:00

PM 3:00

PM 9:00

AM 2:00

작은 사치

wonderful, warm
little things

lace cloth
vintage bag
handmade blanket
rattan basket
wood plate
old blender
30 years wall clock
sauce bowl
cast iron pan

생활에 반드시 필요한 건 아니지만,
생각보다 큰 행복을 주는 것들

그냥 지나칠 수 없었던 가게에서 산 것들.
바닐라 아이스크림 색깔의 레이스 천은 무려 도시락 보자기.
어마어마하게 귀엽다.

내 몸에 잘 맞는 청바지와 흰 티셔츠에 멜 빨간색 가방과
이것저것 잡동사니 많은 나에게 딱인 큼지막한 지갑.
이 가방들이 한 개에 만 원씩.

좋은 구두는 좋은 곳으로 데려가 준다고 했다.
그러니 좋은 이불은 좋은 꿈으로 데려가 주지 않을까.
그럴듯한 핑계를 대면서 산 귀여운 손뜨개 이불.

쓸모를 생각하고 사진 않았지만
알맞은 쓸모가 생긴 바구니.

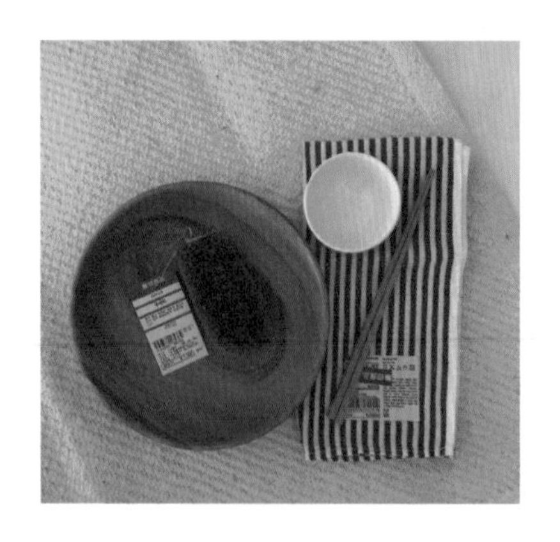

나무 접시와 스트라이프 키친 클로스.

그리고 안 예쁜 철수세미를 대신할 작은 브러시.

나만큼 나이를 먹은 믹서와

태엽을 감아줘야 하는 벽시계.

그릇 중에서 특별히 '종지'를 좋아한다.
고추나 마늘, 간장이나 쌈장을 담아내면
그날의 식탁이 오밀조밀 훨씬 풍성해지니까.

마음의 평화.
이런 낭만을 위해 무쇠팬을 샀다.

취향을 채우는 방법

well, we all have
our own personal taste

사람을 사귈 때
특히 애인을 만날 때
음악이나 영화, 책의 취향을 중요하게 생각했다.
언젠가의 나는
그런 것들이 삶을 이루는 안목이나 센스라고 생각했다.

그러나 (곧 남편이 될) 오래된 나의 남자친구는
내가 좋아하는 영화와 책을 제일 싫어한다.

생각해보면
같은 음악과 영화를 좋아해도
나와 잘 맞지 않아 실망하게 된 사람들이
얼마나 많았던가.

취향이 달라도
살아온 모든 것이 달라도
서로의 다름을 인정하고 존중해주는 것.

사람을 만날 때 중요한 건 그런 거였다.

All okay

필름카메라

책에 들어간 대부분의 사진은 필름카메라로 찍었다.
스물두 살에 50만 원을 모아서 장만한 내 인생 첫 카메라.
니콘 FM2라는 카메라는 찍을 때마다 묵직하고 위엄 있는 찰칵 소리가 난다.

무겁고 번거로우며 필름 값은 비싸고
찍은 사진을 바로 확인할 수도 없는 데다가
스캔을 맡겨야 하는 귀찮음까지.
필름카메라에 편하고 쉬운 부분은 하나도 없다.

그런데도 계속 찍게 되는 건, 도저히 흉내 낼 수 없는 근사한 색감과 디지털카메라와는 절대적으로 다른 깊이감 때문이다. 분명 같은 상황, 같은 사람인데 필름과 디지털, 두 개의 카메라로 남겨진 사진은 완벽히 다르다. 디지털이 그저 평범한 일상이라면 아날로그는 내 삶을 좀 드라마처럼 만들어 주었다. 필름카메라에는 이상할 만큼 마음을 찡하게 하는 구석이 있는 것이다. 똑같은 재료와 방법으로 만들었어도 엄마의 찌개가 더 맛있는 이유와 비슷하지 않을까.

드라마

네 멋대로 해라

굿바이 솔로

그들이 사는 세상

디어 마이 프렌즈

연애시대

로맨스가 필요해 2

이번 생은 처음이라

응답하라 1988

연애의 발견

또 오해영

드라마 보는 걸 좋아한다.

누군가는 시간 낭비라고 하겠지만

어쩌면 정말 시간 낭비일 수도 있겠지만

매주 한두 번 같은 시간

텔레비전 앞에 앉아 울고 웃고

다음 날이면 점심시간에 둘러앉아

어제 드라마 봤어?

라면서 호들갑 떠는 걸 좋아한다.

드라마가 끝나면

예고해라 예고해, 라는 혼잣말을 하고

예고편이 끝나면 일주일을 또 어떻게 기다릴지 벌써부터 조급해한다.

이 똑같은 패턴을 지치지도 않고 반복 중.

나는 오늘도 드라마를 보며 울고 웃는다.

환갑이 다 되어가는 엄마가 말했다.

작은 말 한 마디에 여전히 친구에게 서운하고
삼십 년을 같이 산 아빠에게 아직도 이해할 수 없는 점이 있다고.

나이를 먹어도 다 똑같이 산다는 것이
묘하게 안심이 된다.

"WHAT IF I FALL?"
OH, BUT MY DARLING
WHAT IF YOU FLY?

내가 그렇게 특별하다고 생각하지는 않지만
그렇다고 평범하다고 생각하기는 싫다.
평범하게 사는 게 제일 어렵다고들 하지만

평범하다는 말은
아무래도 싫으니까.

love
free
peace
hope

JOHN LENNON,
YOKO ONO
DOUBLE FANTASY
(JUST LIKE) STARTING OVER
BEAUTIFUL BOY(DARLING BOY)
STEREO

기쁘거나 슬플 때

행복하거나 우울할 때 듣는 노래들

언니네 이발관 _*가장 보통의 존재*

롤러코스터 _어느 하루

이적 _*rain*

Billy joel _*piano man*

하림 _*위로*

Angus and Julia Stone _*big jet plane*

Cold play _*yellow*

선우정아 _*city sunset*

검정치마 _*혜야*

유재하 _*가리워진 길*

Elliot smith _*between the bars*

아소토 유니온 _*think about' chu*

윤종신 _*탈진*

Jakob ogawa _*let it pass*

혁오 _*paul*

전인권 _*제발*

손지연 _*그리워져라*

김성재 _말하자면

이소라 _*7집의 모든 노래*

Oasis _*don't look back in anger*

우효 _*vineyard*

Amy Winehouse _*love is a loosing game*

All love

나의 사람들.

일상 얘기를 나누게 되는 사람이 있고,
앞으로의 일을 나눌 수 있는 사람이 있다.
어느 쪽이 좋은 사람이라 할 수는 없지만
앞으로의 얘기를 진솔하게 나눌 수 있는 사람이
소중한 것은 분명하다.

엄마

dear.

my mom.

엄마,

그 말은 언제 어디서나 나를 뭉클하게 해

All love

엄마의 사과가 도착했다.
크고 맛있는 예산사과를 샀는데
너무 맛있어서 나눠먹고 싶었다고 한다.

예전에는 맛있다고 엄마가 그렇게 먹어보라고 해도
안 먹는다고 안 먹는다고 그랬는데
지금은 사과 하나도 택배로 보내야 나눠먹을 수 있게 되었다.

엄마 말대로
크고 맛있어 보이는 사과가 하나씩 뽁뽁이에 담겨 왔다.
열 개의 사과가 대전에서 서울로 오는 동안에
상처 나고 다칠까 봐 한 개씩 뽁뽁이 포장을 한 엄마.
그 뽁뽁이가 너무나 귀엽고 이상하게 슬픈 마음.
엄마의 그 귀여움과 사랑도 뽁뽁이에 담겨
안전하게 나에게 도착했다.

All love

봄비가 내리는 날
엄마에게 전화를 한다.

그동안은 늘 함께여서
비가 오는지 굳이 물어볼 필요가 없던 사이.

이제는 서울 사는 딸이 되어
충청도에 사는 엄마에게 전화를 건다.

- 엄마 거기도 비 와?
- 응. 아주아주 예쁘게 내리고 있어.

나의 유난스러움은
엄마를 닮은 것이 틀림없다.

오늘은 엄마의 김치가 도착했다.

신 김치를 좋아하지 않는 나를 위해
김치를 담그자마자 우체국으로 뛰었다고 한다.
마감시간까지 우체국에 도착해야
내일 내가 시지 않은 김치를 먹을 수 있으니까.

아직 맛이 들지 않은 아삭아삭한 김치를 베어 문다.
세상에 이렇게 맛있는 음식이 또 있을까.

배추를 사고 고춧가루며 젓갈이며
양념을 준비하는 엄마의 적지 않았을 시간을 생각한다.
누가 나를 위해 이렇게 즐겁게 하루 종일을 수고로울 수 있을까.

김치를 먹으며
더 이상 엄마 김치를 먹지 못하게 되는 날을 생각해본다.

그런 날이 오면,
나는 이 사진을 보며 아주아주 많이 울 것 같다.

All love

나 책 쓰기로 했어!
라는 말에,
엄마 얘기 몇 페이지 나오냐고
첫 번째로 물어보았다.

그 귀여움이 마음에 걸려
엄마 이야기를 썼다.

누구보다 나의 책을 기다리며
나의 평안을 기도하는 엄마.

엄마, 사랑해!

집으로 가는 짧은 여행.
터미널에 2시 도착이라는 메시지를 보내고
버스에서 잠이 들었다.
3시간쯤 달렸을까.
버스가 시골의 작은 터미널로 덜컹거리며 들어서는데
저쪽에 꽃분홍 블라우스를 입고
고개를 쭉 빼고 있는 낯익은 얼굴이 보였다.

엄마였다.

엄마는 자전거를 타고 나를 데리러 왔다.
잘 지냈냐고 얼른 집에 가서 밥 먹자 하고서는
내내 자전거 자랑을 했다.

이 자전거가 있어서 얼마나 좋은지 모른다고.
시장도 빨리 가고
친구 집도 금방 간다고 했다.

그러면서 흥얼흥얼 이문세 노래를 부르는 엄마.

엄마 뒷자리에 타서 엄마 허리를 꼭 잡는다.
나는 왜 이런 순간에 눈물을 글썽거리는 청승맞은 성격인 걸까.

내가 없는 동안
나보다 훨씬 좋은 친구가 돼주었을 자전거를 타고

엄마 집으로 간다.

엄마는 라디오에 사연을 보내고
가을이면 책 속에 나뭇잎을 넣어두는 사람이다.

책을 열면
낙엽이 후두둑
낭만이 떨어지지만,

냉장고를 열면
정리 안 된 비닐봉지가 우수수
떨어지게 하는 사람이기도 했다.

따끔한 충고와 솔직함
이라며 묘하게 상처를 잘 주는 편이지만
그만큼 상처를 잘 받아 작은 불안에도 며칠씩 잠을 자지 못했다.

엄마는 자식에게 헌신하는 스타일은 아니었다.
정말 다행이라고 생각하는 점인데,
여기서 작은 불행은
엄마 자신은 헌신했다고 생각하는 것이다.

엄마 얘기를 쓰려고 한 건데
어째 내 얘기를 쓴 것 같다.

역시,
나는 엄마를 닮은 것이 틀림없다.

말이 필요 없는 사이

between us
between us
between us
between us
between us

내가 무슨 옷을 입었는지
어떤 브랜드의 가방을 드는지 관심도 없는 사람.
월급은 얼만지 적금은 얼마나 되는지 궁금해할 생각도 없는 사람.
만나서 내내 회사 욕만 하지 않는 사람.

꼬깃꼬깃한 천가방을 메고
잡티 그대로인 얼굴을 보이고
일상에서의 자잘한 억울함이나
말하기도 뭐한 작은 행복들
그런 얘기를 나눌 수 있는 사람.

자기 그릇의 크기와 모양대로
담담하게 살아가는 사람이 좋다.

물론 내가 먼저 그런 사람이 되어야겠지만.

자매

비밀이 없는 사이.
창피함도 쑥스러움도 없는 사이.

함께 있을 때
아무 말이나 해도 되고
아무 말을 안 해도 되는 사람.

목욕탕에 같이 갈 수 있는 사람.
서로에게 어떠한 응큼함도 없는 관계.

노력하지 않아도
그런 사람이 곁에 있다는 건
표현할 수 없는 정도의 행운이란 걸 안다.

오랫동안 취업을 준비하던 동생이
드디어 최종면접에 합격했다.
이제 동생은 집을 떠나 외국으로 간다.

동생이 떠나는 날.
누구보다 기쁜데도
세상이 끝날 것처럼 울었다.

잘된 일인데도
이상하게 눈물이 났다.

단지 평생을 함께 살던 사람과 떨어져 지내게 되어서가 아니다.
유년기와 청소년기가 끝나듯이
우리의 시기가 끝났다는 생각이 들어서였다.

이제는 혼자서 각자의 인생을,
앞으로는 어른으로 살아야 한다는
묘한 두려움 때문이었다.

사랑하는 사람과 이별을 하면
'우리'의 시간은 끝이 나고 이제는 너와 나,
각자의 시간이 되는 것.
그런 먹먹함을 느꼈던 것 같다.
역시 나는 지나치게 감성적이다.

그러나 그때의 눈물이 무안할 정도로
2년 뒤 우리는 같은 동네에서 살게 되었다.

오래된 친구

어릴 때는 그랬다.
같은 동네에 같은 학교, 같은 반.
약속할 필요 없이 당연히 내일도 만나는 사이.

그러니까 오늘,
하고 싶은 말을 다 하지 않아도 아쉽지 않았다.
우리는 내일 하루 종일을 같이 보내고
분명 떡볶이 집에도 같이 갈 거니까.

그런데 요즘에는 언제 시간이 괜찮은지 먼저 물어본다. 아마도 우리의 세계가 학교 앞 떡볶이 집보다 훨씬 크고 복잡해졌기 때문일 것이다.

한 번 만나는 것도 쉽지 않아 씁쓸해질 때도 있지만 그리 슬퍼할 일은 아니라고 생각하기로 한다.

언제나 살을 빼고 싶다 말하지만
후식으로 케이크를 꼭 먹어줘야 마무리가 된다는 귀여운 친구.
오랜만에 그 친구와 쉬지 않고 얘기를 나눈다.

회사, 적금, 여행, 눈가의 주름과
몇 번을 얘기해도 지겹지 않은 옛날 얘기까지.

그런 것이 좋다.
지금의 우리가 있지만 예전의 우리도 있다는 것이.

일요일 점심에는 낯선 동네에서 만나 떡볶이도 먹고 커피도 마셨다.
드라이브를 하며 우리의 지난 노래를 크게 따라 부르기도 했다.

예전처럼 내일 보자는 말 대신
연락 좀 자주해 라고 했지만,
헤어질 때는 그런 힘이 생겼다.

돌아올 일주일에 힘들고 짜증나는 일이 생겨도
아주 쪼금은 그러려니 할 수 있을 것 같은 힘.

All love

내가 글을 쓰고 사진을 찍으며
세상에 그다지 필요 없는 것을 만들 때
친구는 아기를,
무려 사람을 만들었다.

무지무지 멋지다.
엄마라는 타이틀.

나에게 평생 써본 적 없는 샤넬 향수를 선물하고 벌써 둘째 아이를 계획하는 친구.
결혼을 꿈꾸지만 아직 남자친구가 없는 친구.
그래서 하와이로 긴 여행을 떠나는, 남자와 뽀뽀하는 것이 올해 목표인 친구.
요즘 힘든 일이 있다며 물컵에 소주를 따라 벌컥벌컥 마시는 친구.
백수라는 게 창피해서 친척 결혼식에 가지 않겠다는 친구.
이번 생일이 지나면 다시 태어난 것처럼 살 거라는 친구.
노래방에 가면 꼭 소녀시대 노래를 부르는 친구.
돈이 없어도 자존심 때문에 밥값을 계산하는 친구.
집이 더러워도 편하게 부를 수 있는 친구.
서운한 게 있어도 서운하다는 말을 잘 못하는 친구.

같고도 다르게 살아가는 우리들.

애들아, 행복하자.

아니 그 말은 좀 별로인 것 같다.

우리 지금보다 모든 것에서 더 나아지자.

바다 보러 갈래?
다 씻은 뒤 자려고 누웠어도
바다 보러 가자는 친구의 말에
응! 좋아! (꼭 느낌표까지 붙여서) 대답할 수 있다.

내일 일찍 출근해야 한대도
오늘 밤 친구가 이별했다고 하면
밤을 새워 함께 술을 마실 것이다.

my friends.

목요일 언니들

나보다 9살 많고 쌍둥이 엄마인 언니와
나보다 3살 많고 재주도 많은 언니.

일주일에 한 번씩 만나는 언니들이 있다.
우리는 벌써 50번이나 만난 사이.
목요일마다 만나 몇 시간이고 앉아서 얘기를 한다.

나에게 왜 책을 쓰고 싶냐고 언니들이 물어보면
'내가 아주 잘할 자신이 있고 다른 일보다 재미있고 사실은 온 세상에
나를 보여주고 싶어서'라고 말한다.

이렇게 뻔뻔하게 말하고 나면
그렇게 갖고 싶었던 자신감이 조금은 생기는 것 같다.

그럼 언니들은
그래, 무슨 말인지 알 거 같아.
그런 말로 북도 치고 장구도 쳐준다.

내가 갖고 싶었던 건 이런 거였다.
엉망진창 제대로 설명하지 않아도 '무슨 말인지 알 거 같아'라고 돌아오는 말.
세상의 모든 공감과 같은 취향, 같은 가치관들이 조물조물 무쳐진 말.
그래서 오랫동안 만나지 못했어도 우리가 늘 통했다고 믿게 해주는 말.

그래서 나도 내 사람들에게 자주 말해준다.

응. 무슨 말인지 알 거 같아.

체다치즈해

cheddar cheese you.

남자친구가 있다.

나와, 정반대도 이렇게 정반대일 수 없는 사람.
태어나서 한 번도 우울함을 느껴본 적 없는
우주 최고 긍정적인 남자.
아침에 일어나자마자 신나게 춤을 출 수 있는 사나이.
남의 사생활에 심하게 관심이 없고
애교가 많고 잠도 많은 그런 사람과 만나고 있다.
벌써 몇 년째.

우리는
오래된 연인.

'오래된'이란 말은
무엇보다 편안하고 따뜻하지만
누구보다 무심하고 만만하다.

우리 또한 서로 무심하고 만만할 때가 많지만
그래도 좋다.

우리 사이에 '시작하는'이란 말 대신
'오래된'이란 말을 붙일 수 있는 것이.

긴 시간을 함께 보낸 사람이 지금도 내 옆에 있다는 사실이
나를 단단하게 붙잡아 준다.

All love

LOVE LOVE!
love
lovelove
LOVE LOVE
love love love love!
LOVE LOVE love LOVE LOVE LOVE
YOU YOU YOU youyouyou
so much so much so much
LOVE YOU SO MUCH LOVE

사랑해
라는 말은
누구나 하는 말이어서
다른 표현을 하고 싶었다.
하정우의 '방울방울해'처럼.

그래서 우리만의 '사랑해'를 만들기로 했다.
아, 사랑이라는 이 어마어마한 유치함.

한참을 고민하더니 '치즈해'로 하자고 한다.

그는 치즈를 제일 좋아한다.
곧바로 나를 보며 치즈해- 라고 말하는 남자.

내가 만들고 싶던 둘만의 세계는
이렇게 느끼한 치즈 세계가 되었다.

그래 나도 널 깊고 풍부하게
체다치즈해.

YOU YOU YOU YOU
LOVE LOVE LOVE LOVE
YOU YOU YOU YOU
LOVE LOVE LOVE LOVE
YOU YOU YOU YOU

아침에 먼저 일어난 사람이
음악을 틀고 커피를 준비하고
잘 잤는지 다정히 물어보고
거울 앞에서 머리를 매만지면 멋지다 말해주고
오늘도 수고해 손 흔들며 인사하는 것.

점심은 먹었는지 회사는 바쁜지
하루에 몇 번씩 연락을 하고
퇴근 후에는 집 앞 마트에서 만나
백 원짜리 동전 하나를 카트에 넣고
드라이브하듯 과일 쪽으로 직진 시식 코너로 좌회전
우리 맛있는 거 만들어 먹자
기분이다, 와인도 한 병 사자

오늘 저녁의 행복을 기대하며
양손 가득 기쁨을 사 오는 것.

아침이면 출근할 곳이 있고
나의 사랑이 곁에 있다.

행복이 여기 이렇게 가까이 있었다.

LOVE IS UNDERSTANDING
love is understanding
love is understanding
LOVE IS UNDERSTANDING
love is understanding
love is understanding
love is understanding
LOVE IS UNDERSTANDING
love is understanding
LOVE IS UNDERSTANDING
LOVE IS UNDERSTANDING
LOVE IS UNDERSTANDING
love is understanding
love is understanding
love is understanding
love is understanding
love is understanding
love is understanding
LOVE IS UNDERSTANDING
love is understanding

남산에 돈가스를 먹으러 간다.
주차하고 올 테니 먼저 들어가 있으라는 남자친구.
나는 먼저 들어가서 '여기 돈가스 두 개요, 하나는 소스 따로 주세요'라고 말한다.
뒤늦게 들어온 그가 따로 나온 소스 접시를 보고는
엄지를 치켜들며 '역시!'라고 외친다.

나의 취향과 식성 기호 그러니까 나를 기억해준다는 건
많은 의미를 가진다.

물냉면보다는 비빔냉면을,
흰자보다는 노른자를 좋아한다는 그 사소함을
기억해주면 사랑받는다는 기분이 드니까.

오해나 미움은 잘못된 소통에서 온다.

천천히 내 마음을 말해주고
그의 마음을 들어주면
화낼 것이 없고 이해 못할 것이 없다.

하지만 오늘도 그게 안 돼서 지독하게 싸웠다.

누가 이기나 해보자
그런 마음을 가진 적은 없지만
나는 늘 남자친구가 먼저 사과해주길 바란 것 같다.
유치하지만 늘 그랬다.

오늘의 사건은 치약이었다.
살면서 나의 우선순위에 두어본 적도 없는 치약.
소중히 여기지도 않는 치약.
그것 때문이었다.

치약 그까짓 것
끝에서부터 짜든, 앞에서부터 짜든
뭐가 그렇게 중요하다고
우리는 고작 치약 때문에 다퉜다.

한참을 열심히 싸우다가
'잠깐만 쉴게' 하고는
두 손 꼭 모은 채 잠들어 버리는 사람.
이 귀여운 한심함을 어쩌지.

나의 연애는
하루는 죽이고 싶게 밉고
하루는 죽을 정도로 좋다.

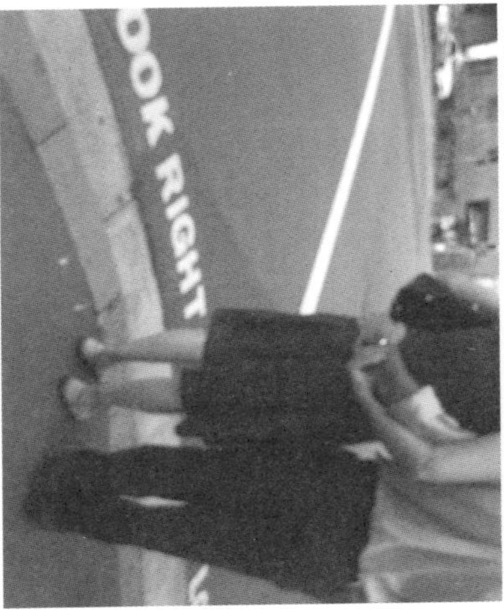

All love

사랑은 열두 시.

서로 다른 시간을 살아온 둘이
11시 40분……
11시 50분……
조금씩 가까워지다가

12시 정각.

완벽한 하나가 되어
내일로 함께 가는 것.

그런 게 사랑인 것 같다.

All good

snack
scorched rice
fried eggplant
chinese cabbage pancake
fried oysters
rice with salted pollack roe
rice with oysters

나의 주방

내가 만든 음식이
엄마의 된장국이나
할머니의 김치가 될 수는 없겠지만

계절이 바뀔 때마다
제철음식을 사고
친구들을 초대하고
뜨끈한 찌개를 끓이거나
분홍색 소시지를 굽는 것.

참 좋아하는 일.

All good

간식

버터를 조금 넣은 프라이팬에
호두나 아몬드를 볶거나
고구마를 아주 얇게 잘라서
꼬들꼬들하게 구워 먹는다.
단호박을 보드랍게 쪄서 꿀을 뿌려 먹기도 한다.

엄청나게 건강을 챙기는 편은 아니지만
과자나 빵 대신에 이런 간식을 먹으려고 애쓴다.

꼭 건강해지겠다는 것보다는
나에게 정성을 들이고 있다,
나를 아껴준다,
그런 기분이 좋아서.

All good

재미삼아 길러본 상추 농사가 풍년이다.

오늘의 뭐 먹지 만큼 신중해지는 건 없으니까.
그리고 같이 먹으면 더 맛있으니까.
오늘의 점심은 든든하고 푸짐하게.

All good

누룽지

불안하거나 조급한 마음이 들어서
속이 편하지 않을 때는
할머니가 만들어 준 누룽지를 뜨겁게 해서 먹는다.

그릇에 담아 식탁 위에 두면
누룽지에서 아주 하얗고 큰 김이 모락모락 생기는데.
그 장면만 봐도 조급한 마음이 새하얗게 가라앉는 것 같다.
음식으로 위로받는다는 것을 할머니의 누룽지에서 느꼈다.

긴 여행을 갈 때는 누룽지를 꼭 챙겨간다.
컵에 담고 뜨거운 물을 부어 먹으면
낯선 곳에서도 마음이 편해졌다.

마음속 걱정덩어리를 뜨끈하게 안아주는 느낌.
한 그릇 든든하게 먹으면 내 안의 불안이 조용해졌다.

아무런 의심 없는 진짜 위로 같았다.

할라피뇨 대신에 엄마의 고추장아찌.

아침에 눈을 뜨자마자 이런 게 먹고 싶었다.
낙엽처럼 바스락 소리가 나는 버터에 구운 식빵.

All good

가지튀김

뜨거운 여름에 시원한 냉면이나 빙수를 먹는 것도 좋지만, 굳이 땀을 뻘뻘 흘리며 불 앞에서 가지튀김을 만들어 먹는 것을 좋아한다.

오늘은 퇴근하면서 시장에 들렀다.
가지 세 개를 천 원에 사고, 캔맥주도 몇 개 샀다.
가지는 동그랗게 자르지 않고 연필 깎듯이 자른다.
아주 큰 연필이라고 생각하고 사선으로 숭덩숭덩, 예쁘게 자를 필요는 없다. 그렇게 자르는 것이 식감에 좋다고 요리 블로그에서 배웠다.

그 다음엔 튀김옷을 입혀 기름에 튀겨내면 끝.
튀김을 하고 나면 남은 기름이 너무 아까우니까 일부러 자박자박하게 기름을 붓는다. 굽는다는 느낌이 더 들도록.

바사삭거리는 가지튀김과 차가운 맥주를 마시면
이것이 바로 한여름의 맛.

나의 여름은 늘 가지튀김으로 시작된다.

breakfast

egg, bacon
cherry tomato,
cucumber

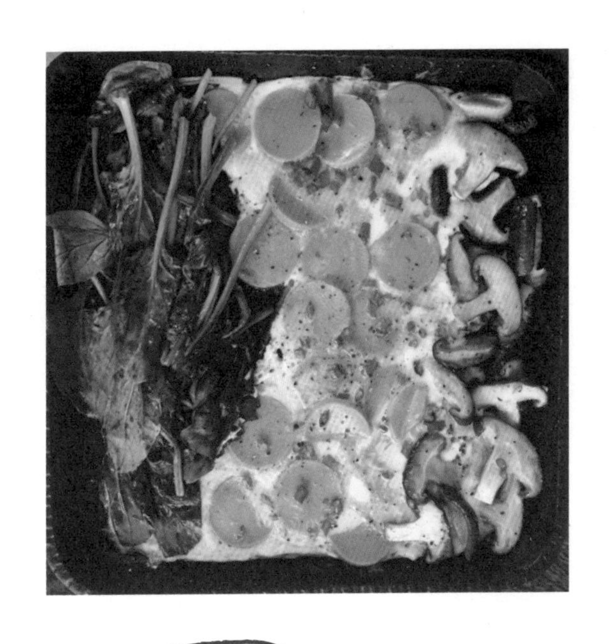

Lunch

Spinach, pink sausage
egg. favorite mushroom
Shiitake

\# All good

배추전

비 오는 날이면 부침개를 해 먹는다.
그런 것이 일종의 낭만이라고 생각한다.

창문 밖으로 떨어지는 빗소리를 들으며 부침개를 구우면,
집 안에서도 또 다른 빗소리가 들렸다.
도저히 글로는 표현할 수가 없는 맛있는 소리.

배춧잎에 튀김옷을 입혀서 기름에 구워낸다.
(뜬금없는 소리지만 튀김옷을 입힌다는 표현은 정말 너무 귀엽다.)

배추전은 달짝지근하고 꼬소하면서도 담백해서
한 번 먹으면 입이 심심할 때마다 찾게 되는 묘한 음식이다.

혼자 먹기에는 흥이 좀 부족한 음식이니까
배추전 했어! 막걸리 한 병 사서 우리 집으로 와!
그렇게 편하게 부를 수 있는 동네 친구가 있으면 얼마나 좋을까.

All good

굴튀김

여름을 좋아하는 나는 추운 겨울이 영 별로지만
그래도 기다리는 이유가 있다.
그건 바로 굴과 크리스마스 때문.

굴로 만든 모든 요리를 좋아하는데
이번 겨울에는 굴튀김을 많이 만들어 먹었다.

타르타르소스가 집에 있을 리 없으니
마요네즈에 고추장아찌를 다져서 넣는다.
부드럽고 매콤한 맛.
굴튀김과 정말 잘 어울린다.

오늘 굴튀김의 맛은
한 봉지 이천 원, 세 봉지는 오천 원인데
왜 내가 한 봉지만 사왔을까 후회하게 하는 맛.

\# All good

명란버터밥

명란을 앞뒤로 살짝 구우면 훨씬 고소하고 맛있다.
뜨거운 밥에 버터를 깍두기 한 개 만큼 올리고,
바닥을 바싹 익힌 계란 프라이에
진간장 한 숟가락을 넣어 비벼 먹는다.

혼자 먹어도 외롭지 않은 이유.

\# All good

굴밥

냄비밥에 촘촘하게 무를 깔고 버섯과 살짝 볶은 굴을 올린다. 나는 매운 걸 좋아하니까 청양고추를 많이 넣은 간장을 준비하고 엄마의 올해 김장김치를 접시에 담는다.

이 한 끼면 오늘 하루의 피로는 별것도 아닌 게 된다.

삼계탕.

이런 음식은 어른의 영역이라고 생각했다.
그런데 지치고 힘든 날에는 이걸 먹어야겠다 딱! 하고 떠오르는 거다.

아! 삼계탕!

계란이나 감자를 기름에 달달달, 노릇노릇 굽고 있으면 어느새 우리 집에도, 나에게도 생기가 도는 것 같다.

All hugs

OKAY

OKAY

OKAY

everyday

your okay day.

서울에서 살 집을 구하며
너무 비싼 집값에 놀랐다.

부동산을 나오며 생각나는 건
오늘 구경한 집이 아닌
나보다 훨씬 어렸던 엄마의 가계부에
꾹꾹 눌러 써져 있던

할 수 있다 내 집 마련!
이라는 글씨.

home,
sweet home

서울에서 살기로 했다.

그런데 내가 가진 돈으로
옥탑방도 반지하도 아닌, 동생과 같이 지낼 방 두 개짜리 집을 구하려면 자꾸만 서울에서 멀어졌다.

몇 군데 더 보다가 결국 마지막 집으로 결정했다.
햇빛이 잘 드는 창가와 나무로 만들어진 옛날 천장이 마음에 든다.
대출받은 천만 원을 보증금으로 주고
월 화 수 목 금 토 일이 네 번 지나가면 사십만 원을 내야 하지만
나에게도 집이 생긴 것이다.

즐거운 나의 집은 서울의 변두리.
아래층에는 늘 술에 취해 있는 아저씨가
위층에는 매일 밤 쿵쿵거리는 외국인이 살았다.

뻔한 요즘식 빌라도 아니고
큰 창문으로 눈부신 햇빛이 들어와
내 눈에는 무척 예쁜 집이었지만
겨울에는 무섭게 춥고 여름에는 타는 듯이 더웠다.

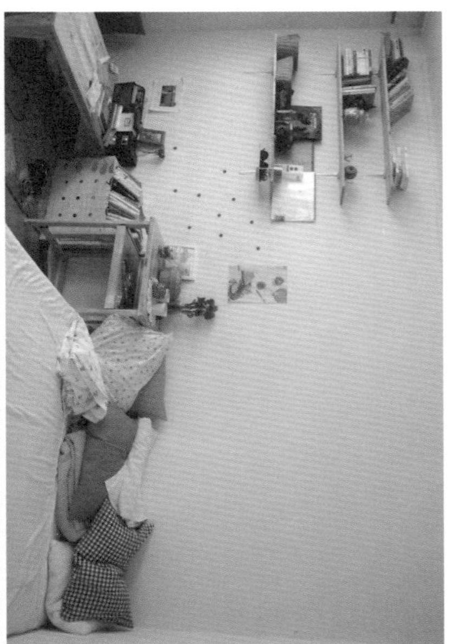

가스비가 아까워
겨울에는 동생과 한 방에서 같이 지냈다.
다른 한 방은 가스밸브를 잠가놓는
가난한 밤이 있었고
덕분에 한 이불 안에서
귤을 까먹는 낭만의 밤도 있었다.

추억과 사랑이 넘치게 가득해
지금도 가끔 그립지만
그때로 다시 돌아가고 싶지는 않다.

계약이 끝나도
보증금을 주지 않던 주인 할머니의 집.
사진 속 이 집을, 그 시간들을
지나왔다는 게 새삼 대견스럽다.

이 집에서 나는 서른 살을 맞이했다.

집을 멋지게 꾸민 건 아니지만
옆을 보고 뒤를 보아도 전부 마음에 든다.

문을 열고 나가서
아무리 상처받아도
다시 문을 여닫고 돌아오면
이곳에서는 모든 게 괜찮아진다.
세상에서 제일 좋은 곳이라고 느껴진다.

그래서 어딜 보아도 행복할 수 있도록
나의 취향으로만 온전히 채워 넣는다.

꽃보다는 초록색 잎의 식물
낮은 침대
촉감 좋은 면 이불
선반 위 바구니
넉넉한 하얀색 수건들

욕실 문에는 지난 여행의 사진을
현관문에는 좋아하는 말을 써서 붙여 놓았다.
액자 대신 아끼는 스카프를 걸어두고
그릇은 나무로 된 것으로 고른다.

주위를 둘러보면
진짜 나의 집에서
진짜 나의 인생을 살고 있는 것 같아
마음이 꽉 찬다.

그렇게 내 집을 만들어간다.

번쩍번쩍한 새 아파트는
나에게 너무 비싸고 어울리지도 않는다.
새 집보다는 그동안의 시간이 느껴지는 집.

웃풍이 심하고 샤워할 때마다 추운 욕실 때문에
불만을 한 다발씩 말하겠지만
새로 지은 집보다는 오래된 집이,
어딘가 어수룩한 부분이 있는
그런 집이 좋다.

이런 얘기를 했더니
엄마는 청승맞은 소리를 한다며 싫어했지만
나는 꼭 나와 닮은 집에서 살고 싶다.

즐거운 곳에서는 날 오라 하여도

내 쉴 곳은 작은 집 내 집뿐이리

보이는 요만큼이 다인 좁디 좁은 내 방.
그러나 마음은 온 우주를 여행하듯 넘치게 좋다.
나만의 공간이란 이런 것.

좋아하는 것들로만
집을 채운다.

삶도 그렇게 채워가고 싶다.

좋아하는 것들로만.

lovely
lovely
place

외국 여행을 가면 빼먹지 않고 플리마켓에 간다. 그래서 동묘 시장도 좋아한다. 아니 세상에 이런 걸 팔아? 하는 쓰레기 비슷한 것부터 어머 이건 사야 해 같은 멋진 소품까지. 어디에서도 살 수 없는 것들이 있기 때문이다.

라탄 서랍장과 스탠드도,
바구니도, 오래된 라디오도 살 수 있고
몇 천 원이면 꽃병도 살 수 있어서 좋아하지만

가장 좋아하는 건
마늘쫑과 마른 멸치가 무한 제공되는
한 잔에 천 원 하는 막걸리.

친구는 날 보고 할머니 취향이라며 뭐라 했지만,
나는 마음에 꼭 든다.
동묘 시장에서는 정말 작은 돈으로도 살 수 있는 것들.
나에게 이만한 기분전환이 또 없다.

이 옛날 라디오가 생긴 이후로

잠들기 전 주파수를 맞춰 심야라디오를 듣는다.

어릴 때 집에 하나씩은 다 있었던 컵들.

너무 귀엽잖아 이런 거.

내가 사랑한 공간들

my space.

한강

한강에 가면 위로받았다.
이유는 알 수 없지만 한강은 늘 내 마음을 일렁이게 만들었다.
눈 감으면 코 베어간다는 곳.
고향을 떠나와 아직도 서울에 살고 있다는 사실이,
그 자체가 위로였다.

한강을 바라보고 있으면
내가 서울에 살다니
실감이 나면서도 나지 않았다.
아마 서울이 고향인 사람들은 이해할 수 없겠지.

작은 방 한 칸에 한 달 동안 머무는 대가.
월급에서 월세를 내고 교통비와 밥값을 빼고 나면
커피 한 잔에 망설일 때가 생기는 서울살이.
수박은 4분의 1로 잘라진 걸 사야 하는 혼자살이.

이번 주는 바빠서 집에 못 내려가, 다음 주에 갈게.
그런 전화를 엄마에게 하게 되고

고향으로 돌아갈까 하고
몇 번이나 나를 힘들게 하던 서울.

그래서 대견해했다.

진짜 내 집은 아니지만
하루가 끝나고 돌아갈 나의 집을 여전히 지키며,
여기서도 새로운 관계를 맺으며 살아가는 나를.

포장마차

여름이면 여름대로, 겨울이면 또 겨울대로.

포장마차에 우동과 꼬막 같은 걸 먹으러 간다.

어딜 가든 공짜로 초록색 오이와 주황색 당근을 주는 곳.

더워도 추워도 그곳은 늘 편안함을 주었다.

여기 소주 한 병 더요!

말할 때는 삶의 애환을, 인생의 고단함과 행복을 다 아는 어른 같았다.

오렌지색 비닐 천막집은 바깥세상과는 다른 곳.
오늘 밤, 우리들만의 또 다른 세상이 만들어지는 곳. 여기서 하는 말은 어떤 말이어도 다 괜찮다.

José Saramago
As pequenas memórias
As intermitências da morte
José Saramago
Ensaio sobre a lucidez
A caverna
O homem duplicado
José Saramago
A jangada de Pedra
José Saramago
A Viagem do elefante

All hugs

서점

고민이 있을 때는 서점에 간다.

여러 분야에서 나보다 나은 사람들의 책이 있는 그곳은 정답이 있는 곳 같았다.
어떤 고민이어도 서점에 가면 해결되었다.
여행이면 여행, 사랑이면 사랑, 꿈이면 꿈, 인간관계면 인간관계.
몇 권의 책을 읽고 나오면 정답을 어느 정도 찾은 느낌.

물론 책을 읽는 것이
나를 완벽히 구원해주는 건 아니었지만
백화점보다는 확실히 나를 구원해주었다.

마음이 복잡할 때는 서점에 간다.

AVEC

내 방 침대

낮이 끝나고 집에 돌아오면
침대에 누워 작은 스탠드를 켠다.

그 불빛이 밤의 깜깜함과 나의 깜깜함을
양 옆으로 조금 밀어내준다.
그러면 나에게만 켜진 스포트라이트 같아서
나에게만 집중할 수 있고, 집중하게 된다.

하루의 고단함을 조용히 잠재워주는 곳.
내일의 힘을 주는 곳.

내 방 침대.

꾸민 인생 말고

꿈인 인생

모던한 삶보다는

무던한 삶을

BON VOYAGE

bon voyage

bon voyage

PARIS. AMSTERDAM. NEW YORK

MOLTA. porto. LONDON. HONGKONG

BANGKOK. CUBA. berlin. JEJU.

POSITANO. VIETNAM. COPENHAGEN

Sydney TOKYO SANFRANCISCO. BALI

CROATIA. Positano. HAWAII

Sevilla BAROCELONA. BUSAN.

All life

태어나기를 예쁘게 태어난 말이 있다.
사랑이라든지 꿈, 자유 그런 말들.
그러나 그중 가장 우월한 유전자를 가진 말은
여행이라고 생각한다.

욜로[Yolo(You only live once)],
한 번 사는 인생인데 즐겨라.

그런 말을 들으면
왠지 좀 피곤하다.

이대로 가만히 있으면 안 될 것 같고
빨리 뭔가에 도전하거나
뭐라도 찾아서 즐겨야만 할 것 같아서.

그 말들은 가끔씩
별 탈 없는 나의 시간을
평범하고 지루하게 만들었지만

어느 날엔 신기하게
진짜로 용기를 주기도 했다.

한 번 사는 인생.

회사를 그만둘 때
오랫동안 갖고 싶던 비싼 물건을 떠올릴 때
누군가와 사귀고 헤어질 때

'그래, 한 번 사는 인생인데!'

이렇게 생각하면
용기가 생기기도 했다.

그 용기로
드디어 긴 여행을 떠나기로 한다.

january . february . march
april . may . june
july . august . september
october . november . december
all all okay

오스트레일리아

AUSTRALIA

sydney
alice springs

두루마리 휴지 네 개
오렌지 주스 한 병
식빵 한 줄
계란 열 개

처음 온 곳인데
늘 사던 것들로 채워진 장바구니를 보면
묘한 익숙함에 마음이 놓인다.

그 익숙함들을 비닐봉지에 넣어
새로 생긴 우리 집으로 간다.

낯선 이곳을

우리 동네로 말하게 되기까지

시간은 그리 오래 걸리지 않았다.

93 Todd st.
Alice springs.
Nothern Territory

오늘은 뭘 먹을까 하루 세 번 똑같이 고민하고
조금 더 정성 들여 일기를 쓰고
잠은 평소보다 덜 자기로 한다.

이곳의 집에서도 정리정돈은 엉망이고
여행 올 때 잠깐 숨겨놓은 고민은 불쑥불쑥 튀어나오지만

여행에서는
이래도 응 저래도 응이어서 좋다.

내가 이런 아름다운 그림 속에 있었다고.
무척이나 좋은 날들이었다는 위로를 준다.

진부한 동화 속에 자주 등장하는
그 후로 오래오래 행복하게 살았습니다
같은 해피엔딩이 나의 엔딩이었으면 좋겠다고.

이 장면을 찍으며 생각했다.

여행 중에 가장 좋았던 시간은 동생과 함께했을 때였다.
우리는 반년 동안 호주의 앨리스스프링스라는 시골 동네에서 살게 되었다.
서로 때문에 힘들고 싸우고 울고 웃고 그러나 결국 서로 때문에 힘이 나는 시간들.

지나고 보니 그때가 행복이었다는 것을 더욱 잘 알겠다.

다 찍은 내 필름을
동생이 실수로 자기 카메라에 넣었고

결국 한 장의 사진에
우리 둘의 사진이 인화되었다.

생각지도 못한 사진이 나와서 놀라고
서로의 비슷한 느낌에 놀라고

결과적으로
이 요상한 사진이
마음에 들어 놀란다.

힘든 일이 있었다. 그 일로 며칠을 울적하게 보냈다. 이 책에 완벽하게 솔직하고 싶지만 그래도 쓰기에는 망설여지는 일.

어느 날, 동생이 뷔페에 가자고 했다.
이 메마른 사막 동네에 해산물 뷔페가 열린다고 했다. 내가 해산물 좋아하는 걸 알고, 힘내라는 말 대신 뷔페에 가자고 한 것이다.
신이 나서 어깨동무를 하고 한 발에 두 번씩 따단 따단 뛰어가던 기억.
때마침 우리 테이블 번호는 10번.
고마움도, 오늘 우리의 기분도 10점 만점에 10점.

아 사랑하는 내 동생.
이럴 때만 사랑하는 내 동생.
울적해하는 나를 위해 비싼 저녁을 사주고
와인 한 병도 멋지게 시켜주는 내 동생.

이 날은 지금까지도 '아주 멋진 내 동생의 날'로 기억되고 있다.

서로가 좋아하는 걸 사서 냉장고에 넣어두기도 하고

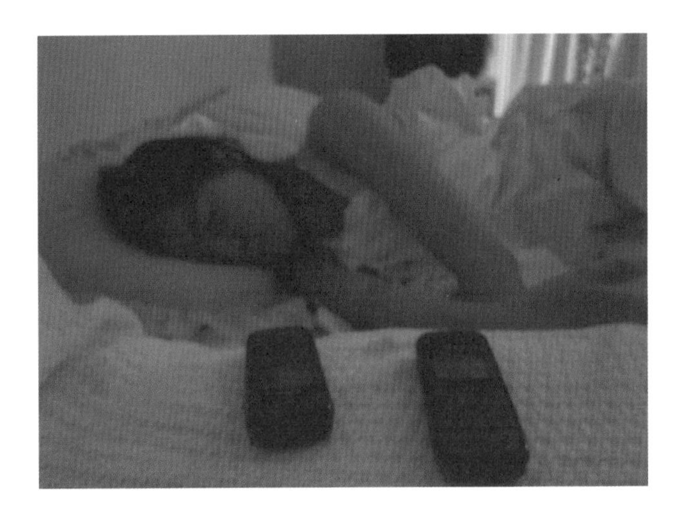

매일 함께 잠이 들고

기침을 하면 물에 적신 수건을 머리맡에 걸어주지만

화가 나면 뒷짐을 지고 서로 한 마디 말도 나누지 않던 날들

여행 중에 카페에서 일을 하게 되었다.

마을로 들어오는 입구, 버스정류장 앞에 있는 레스토랑.
테이블이 여섯 개밖에 없는 작은 식당이었다.
콩으로 만든 스테이크, 땅콩 잼을 올린 차가운 누들 샐러드, 계란과 우유를 넣지 않은 케이크가 맛있는 곳이었다. 나는 당근 케이크를 제일 좋아했다.

그곳에서 오전 10시부터 오후 3시까지 커피를 만들고 서빙을 하는 것이 나의 일.
워낙 작은 동네이다 보니 매일 오는 손님들과 금방 친해졌다. 그들의 커피 취향을 기억해주고, 오늘은 뭐해? 그런 말을 건네는 게 즐거웠다.

단골 중에 유독 친하게 지내던 AIDA라는 할머니가 있었다. 오랜 시간을 만나다 보니 그녀와 어느새 친구가 되어 있었다.

할머니라는 말보다 그녀라는 말이 훨씬 잘 어울리는 사람.
길고 하얀 머리카락을 요정처럼 양 갈래로 땋고 다니는 그녀가 귀여워서 자주 사진을 찍어주었다.

그러던 어느 날 그동안 찍어왔던 그녀의 사진을 보여주었더니
나긋한 목소리로 자신이 만든 것도 보여주고 싶다고 했다.

호주의 한가운데 위치한 사막 동네,
앨리스스프링스.

AIDA는 여기서 태어나 자랐다고 했다.
오래전부터 이곳의 원주민 예술가들과 함께 아트센터를 운영한다고, 분명 네가 좋아할 사람들이라며, 언제든지 놀러와 함께 무언가를 만들어 보자고 했다.

채식을 하며
일회용품은 사용하지 않고
자전거에 뜨개옷을 입히는 귀여움.
그릇과 가방, 생활에 필요한 대부분의 물건을 직접 만들며
자연과 하나 되어 살고 싶다는

그녀가 너무 좋았다.

All life

old friend
aïda

song

넌 예쁘고 용기 있어. 나는 젊었을 때 너처럼 하지 못했어.

어렵게 생각하지 마. 네가 하는 것이 예술이야.

그러니까 모든 사람이 예술가이기도 해.
언제나 나무, 하늘 같은 자연을 생각하며
너의 방법대로 귀엽고 자연스럽게 해.

나는 지금처럼 여기에 있을 거야.
삶이 끝나는 날까지.
여기가 내가 태어난 곳이고 내가 죽을 곳이니까.
너도 너의 그곳으로 돌아가겠지.

오늘 헤어지면 다시 볼 수 없을 것 같아.

나는 너무 늙었잖아.

언제나 무언가를 만들며 더욱 자유롭길 바라.
안녕, 나의 작은 친구 song.

60살의 나이 차이를 두고 친구가 된 우리.
반년을 친하게 지내다 내가 떠날 때쯤
그녀는 내게 이런 편지를 주었다.

어딜 가든 넘칠 만큼 좋은 사람들뿐이다.
마음이 약해질 때는 이 편지를 읽으며
어느 숲 반짝이는 요정이 되어 있을 그녀를 생각한다.

지금까지도 나를 벅차게 하는 사진 세 장.

여행의 목적

나 혼자 심각해하던 그 고민은
사실은 별거 아니라는 걸
나는 우주의 먼지라는 걸
그러니 우주의 먼지가 하는 고민은
말도 안 되게 먼지 같은 일이라는 걸 알기 위해서

혹은

역시 우리 집이 최고야
엄마 밥이 제일 맛있어

이런 걸 다시 느끼기 위해
이미 알았던 걸 다시 알기 위해서인 것 같다.

우리는 늘 뭐든지 조금씩 까먹으며 사니까.

영국

THE UNITED KINGDOM

London

꿈에 그리던 여행이었다.

빈티지 마켓에 가서 원피스를 사야지
피시 앤 칩스를 먹어야지
템스 강 주변을 걸어야지
하고 싶은 것도 보고 싶은 것도 많았다.
하지만 소망이 이루어진 건
런던에 도착했다는 비행기 안내 방송이 나오던 순간이었고
공항 곳곳의 런던이라는 글자를 보았을 때였다.
아직 아무것도 하지 않았지만
그 순간 벌써 여행의 꿈을 다 이루었다.

100 Shoreditch High Street
London. United Kingdom

오늘은 목적지 없이 그냥 걸었다.

하늘도 보고 사람도 보고
거울에 비친 어쩐지 살이 좀 찐 것 같은 나도 보고
다시 또 걸었다.

한참을 걷다가
여기 좀 괜찮을 것 같다 싶은 카페에 들어간다.

햇빛이 잘 들어오고
창가 자리는 비어 있는,
테이블은 몇 개 없고
오늘의 메뉴가 투박한 손글씨로 쓰여 있는 곳.

카페 입구에서부터
주인의 취향이 그대로 드러나는 곳.

그런 카페에 들어와
글이라고 하기엔 좀 쑥스러운
일기를 썼다.

아무도 나를 모르고 나 또한 아무도 모르는
처음 왔지만 모든 것이 따뜻한 공간.

자유와 평화와 사랑이 모두 느껴지는 공간.

너무 좋아서 눈물이 날 것 같았다.

낯설지만 좋아하는 곳에서 보내는
아무것도 안 해도 되는 혼자만의 시간.

샤넬백보다 더 갖고 싶은 건
바로 이런 것이었다.

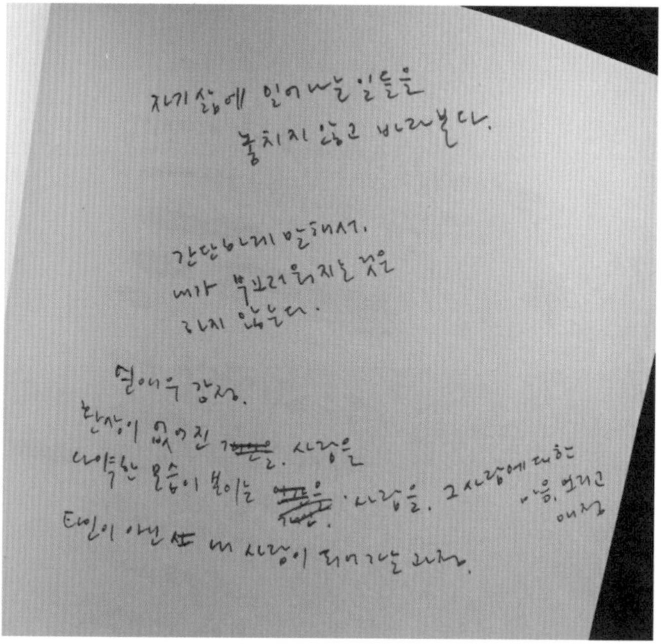

자기 삶에 일어나는 일들을

놓치지 않고 바라본다.

All life

와인 한 잔씩을 주문한 뒤
마주보지 않고 둘이 나란히 앉았다.
어깨동무를 한 남자의 손에 깍지를 꼭 끼는 여자와
나머지 한 손으로 여자의 머리카락을 빗어주는 남자.
둘은 지금 커다란 비눗방울 안에 있는 것 같다.
둘만의 사랑을 온 우주에 보내는 중.

서울에 가면 나도 그렇게 살아야겠다고 생각한다.
얼굴이 닿을 만큼 작은 테이블에 앉아 와인 마시기.
비싼 곳은 아니더라도 주말에는 꼭 예약해야 하는 레스토랑 가보기.
너무 늦지 않게 엄마 아빠한테도 유럽 보여주기.
이런 세상이 있다는 것도 꼭 보여주기.
매일 듣는 음악 말고 새로운 음악을 찾아 듣고
완벽히 이해하지 못하더라도 미술관에 가고
주말에는 반드시 일하지 않기.
그리고 저 둘처럼 열심히 사랑하기.

여행이지만 평소처럼 늘 하던 일을 할 때.

과일을 사고 집에 오는 버스를 타고
아침에 일어나 계란 프라이를 만들고 커피를 마시는 일.
설거지를 하고 빨래를 너는 일.
그런 익숙함이 좋았다.

여행이 아니라 일상인 것 같아서.
일상이라는 말에서 아주 큰 안도감이 느껴져서.

예쁜 치약을 샀다.

인스타그램에서 많이 본 덕분에
써본 적은 없는데 이미 써본 것 같은 치약.
이런 물건에 밝고 센스 있는 여자여서 산 건 아니고
그냥 남들 따라 산 유명한 치약.

나는 트렌디한 사람이 된 기분으로 신나게 양치를 한다.
전혀 거품이 나지 않아 이상했지만
천연성분이라 그런가 보다
얼마나 좋으면 거품도 나지 않을까
생각하며 뿌듯하게 양치를 마쳤다.

그런데 입 안이 좀 너무하다 싶을 정도로 부드러웠다.

혹시나 하는 마음에 Couto를 검색했고

나는 어느 블로거의 리뷰를 보게 되었다.
포스팅 제목은 '내 인생 최고의 립밤'.

내가 그럼 그렇지.

호텔에서 지내는 것도 좋지만 상황이 되면 그곳에서 집을 빌리고 시장을 보고 밥을 해 먹으려고 한다. 그런 여행이 좋다.

오늘은 아침 찬거리를 사러 슈퍼에 갔다.
토마토랑 감자, 식빵, 계란, 오이를 사서 샌드위치를 만들고
진한 커피를 내려 근사한 런던의 아침을 보내고 싶었다.

토마토를 찾으며 한참 두리번거리고 있으니 주인아저씨가 뭘 찾는지 묻는다.

나는 이때다 싶었다.

드디어, 인터넷에서 가르쳐준 '원어민처럼 영어발음 하는 법'을 써먹을 순간이 왔구나.
거기선 밀크는 미역, 헬프는 해협, 토마토는 틈메이러로 발음하라고 했지.

틈메이러.
자신감 있게 말했다.
그러나 잘 못 알아듣는 주인아저씨.

트메이러?

토메이러?

다시 몇 번을 말했더니

안 그래도 큰 파란 눈이 이만큼은 더 커진 주인아저씨가 대답했다.

오! 토마토!

그래서 나는 빨건 토마토가 되었다.

여기가 영국인 것도 잊어버리고 그렇게 열심히 혀를 굴리다니.

나는 인터넷에서 하라고 하는 건 다 맞는 말인 줄 알았지.

여행

그저 그런 숙소도 나름대로 로맨틱한 부분이 있다고 느끼는 것.

우리 집 생각이 간절하지만
지금 이곳도 우리 집이라고 부르게 되는 것.

아! 좋다 라고만 하기엔 너무 부족한 시간과
불편하고 힘들어 피곤한 시간
이 두 개의 시간이 하루에도 몇 번씩 반복되는 것.

돌아갈 곳은 결국 집과 가족, 친구 곁이라는 걸 깨닫게 하는 것.

밤이 되면 무서울까.
혼자라서 위험할까.

많이 걱정했는데

무섭고 위험한 건
졸다가 버스에 여권을 놓고 내리는 나 자신뿐.

Tower Bridge Rd.
London SE1 2UP,
United Kingdom

내가 어떤 집에서 살면 행복한지

나의 취향은 무엇인지

집이 얼마나 큰 위안을 주는 것인지

스스로 영감을 만들고 받으며

자기 생활에 만족하며 사는 사람들이 있었다.

혼자 하는 여행이
놀랍도록 외롭지 않다.

자주 심심하고
가끔 친구들이 보고 싶지만
분명히 외롭지는 않다.

늘 내 자신을 애정결핍이라고 생각했었는데 참 의외였다.
여기서 생각지도 못했던 것들로 애정을 채우고 있으니.

집집마다 다르게 생긴 문
페인트가 벗겨진 낡은 벽
무슨 말인지는 모르겠지만 예쁜 포스터
처음 보는 보도블록과 타일
두툼하고 동그란 초코우유 유리병
초록색 이파리가 달린 당근

뭐 이런 것들.
이런 것들로 삶의 애정이 채워지고 있다.

물론, 이 얘기를 들으면 남자친구는 무척 서운해할 테지만.

네덜란드

NETHERLANDS
amsterdam

내 자신의 유별남이 너무 싫어졌다.
도대체 무슨 시대에 남을 명작을 쓰겠다고
뭘 얼마나 느끼고 깨닫겠다고
멀리까지 이 많은 짐들을 끌고 와
몽땅 실수하고 부딪혀 가며
이렇게 힘들어하고 피곤해하는 것일까.

그런데 이런 장면 앞에서
나도 모르게 이런 말을 하는 것이다.

와, 좋다.
역시 오길 잘했어.

이것도 저것도 나이지만

삼겹살과 소주
뚱뚱한 고양이
먼지 쌓인 집

그런 게 나 자신이고
나의 인생인가 보다.

여행 와서 생각나는 게 온통 이런 것들인 걸 보면.

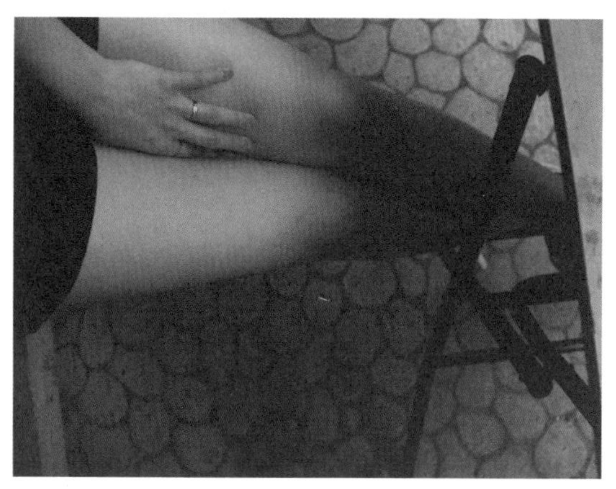

낮에는 햇빛에 취하고
밤에는 어둠에 취한다.
기차의 덜컹거림에 취하고
여행자라는 나 자신에 취한다.

작고 사소한 것 하나도
그냥 지나칠 수 없는
이 젊고 젊은 감정과
뾰족해지는 감성이 너무나 좋다.

모든 여행을 이 배낭과 함께했다.
비싸거나 기능이 좋은 것은 아니지만
색깔이 예쁘고 무엇보다 정이 들어서
십 년이 넘도록 같은 배낭을 메고 여행 중이다.
스무 살 처음 떠나는 해외여행에도
외롭고 힘들던 워킹홀리데이 시절에도
신혼여행에도 언제나 함께였다.
으쌰 하고 배낭을 메면
없던 힘도 생기는 것 같았다.

할머니가 되어서도 꼭 배낭을 메고 여행해야지.

행복하고

구경할 것도

먹어야 할 것도 많은데

집에 가고 싶다.

그러나 곧, 그리워하게 될 밤이라는 걸 알고

머리를 다시 묶고 밖으로 나간다.

내가 나를 이렇게 사랑하는 줄은 몰랐다.

남의 눈치만 많이 보는 줄 알았지
쉬고 싶으면 쉬고
아무것도 안 하고 싶으면 안 하고

진짜로 그럴 줄 몰랐다.

너무 사랑하는 내가
오늘은 아무것도 안 하고 싶다고 하길래
오늘의 여행 계획은 아무것도 안 하기이다.

노천카페에 앉아서 천천히 반 고흐의 그림을 그려본다. 햇볕과 맥주 한 잔, 넘치게 여유로운 시간, 할 일은 이런 낙서가 전부인 오늘.
시간이 지나면 오늘을 그렇게 기억할 것 같다.

내 인생의 해바라기 시절.

Van
Gogh
Museum
Amsterdam

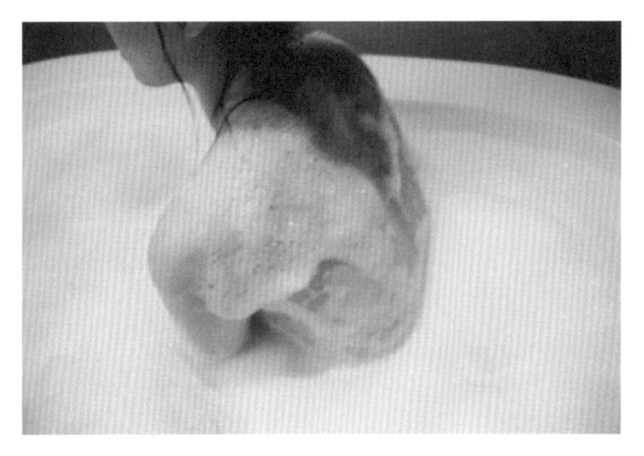

돌아갈 곳이 없었다면

우울에 푹 빠졌을 것이다.

Slow and steady
Slow and Steady
Slow and steady
Slow and Steady
Slow and steady
Slow and Steady
Slow and steady
Slow and Steady
Slow and steady
Slow and Steady

포르투갈

LOVE, PORTUGAL

lisbon, porto

1.

공항에서 시내로 나가는 지하철 안
태어나서 처음 듣는 포르투갈 노래가 나왔다.
무슨 말인지 하나도 모르지만
나를 위한 축가처럼 들릴 만큼
어마어마하게 들떠 있었다.

2.

어디로 가야 할지 몰라 길을 물어봤는데
자기도 여행 중이고 포르투는 처음이라 잘 모른다는 사람.
그런데 그게 길을 알려주는 것보다 훨씬 큰 응원이었다.

3.

돌아가면 이런 얘기를 해야지.
여기는 갈매기가 끼룩끼룩 안 하고
꾹꾹꾹꾹 운다고
아마 포르투갈어인 것 같다는 바보 같은 얘기를.

porto,
ponte de
Dom Luis

4.

생선 요리가 유명하다고 해서 주문했다.
혼자서도 멋지게 먹고 싶어서 와인도 한 병 시켰다.
이 멋진 야경 앞에서 넘치게 우아한 식사를 하게 되었다.
너무 비려서 먹을 수 없지만 음식 대신 분위기를 즐기기로 했다.
그런데 친절한 주인아저씨가
자꾸 테이블로 와서는 맛있냐고 물어본다.
비리다는 말을 몰라서 굿이라고밖에 할 수 없는 나.

5.

이번 여행에서
잊지 말아야지 생각했던 건 많아도
잊어야지 했던 건 하나도 없다.

어떤 단어를 써야 이 도시의 멋스러움을 표현할 수 있을까.

역시 내 마음에 쏙 드는 곳일 줄 알았다.

상상했던 것보다 더 예쁘고 마음에 드는 곳이다.

대충대충 한 것 같은데 그 속에 한결같은 분위기가 있다.

투박한데 귀여운 느낌.

세련되게 잘 꾸민 것보다 표현하기 어려운 어떤 생생함이 있다.

그래서 포르투가 너무 좋다.

오늘은 이번 생에 가장 젊은 날이라고 말을 들었다.

지금 이 순간, 가장 젊은 나를 사진으로 남겨둔다.

portugal. porto. diary

10:30 AM GET UP. BREAKFAST
<FRIED EGGS. CROISSANT>

11:30 AM WASH UP. LEAVE HOME

1:00 PM AFTERNOON WALK

2:00 PM RIO DUORO CAFE
READ BOOKS
EGG TART. COFFEE
CALL MY LOVE

5:00 PM CITY TOUR. SHOPPING

7:30 PM DINNER TIME
<GRILLED FISH. OCTOPUS>

10:00 PM BACK HOME
PORTO WINE. MOVIE

1:00 AM SHOWER. DIARY
GO TO BED

~~traveller~~ Songmin

며칠 동안 머물기로 한 우리 집.
1층에는 공동 수영장이 있다.

아이들이 있고 할머니가 있고
빨간색 초록색 파라솔도 있고
물은 허리까지 오는 작은 수영장.

딱히 한 가지를 꼬집을 수는 없지만
좀 많이 사랑스러운 분위기.

그 분위기를
같이 즐기고 싶어서
햇빛 아래 누웠다.

비키니를 입어서
납작한 엉덩이가 신경 쓰이지만
엎드려 누워 일기를 쓰고 있다.

그러다 귀여운 상념을 보게 되었다.

큰 수건으로 할머니의 어깨를 감싸주고
한 발 정도 앞장서서 걷는 할아버지와
그 손을 꼭 잡은 할머니가
천천히 집으로 돌아가는 둘의 뒷모습을.

흔해 보이지만
사실은 인생을 충만하게 해주는 깨알 같은 장면.

이곳에서도 여전히 이런 사소한 것에 감동한다.

때마침 축제가 열리고 있었다.

집집마다 직접 만든 술을 팔고
다음 골목에는 생선 굽는 연기가 가득하고
그다음 골목에서는 모두가 동그랗게 모여 춤을 춘다.

역시 술과 음악은 밤을 좀 예쁘게 만들어주는 것 같다.

여행과 연애는
언어의 용량을 키운다.

그런 글을 본 적이 있다.
누군가가 쓴 이 글이 너무 좋았다.

대체 얼마나 많은 여행과
얼마나 진한 연애를 해야
좋은 글을 쓰게 되는 걸까.

여행을 가면 시장에 꼭 들른다.
사람들이 사는 모습을 가장 가까이에서 볼 수 있으니까.
서울로 따지자면 명동 쇼핑센터보다는 남대문 시장에 가보는 것.

삼푸와 치약, 생수, 초콜릿도 사고
도넛 모양의 복숭아나 처음 보는 모양의 브로콜리도 산다.

그리고 가장 좋아하는 플리마켓에도 간다.
몇 십 년 된 브로치와 유리잔, 촛대도 구경하고
손으로 만든 블랭킷과 도자기도 구경한다.

내가 산 건 만 원짜리 가방뿐이지만
너무 마음에 들어서 집까지 오는 길에 가방을 앞뒤로 흔들흔들.
그리고 다 낡은 문 앞에 쪼르륵 세워두고 기념사진을 찍는다.
이런 것이 내 여행의 큰 즐거움.

아빠는 내가 한비야처럼 살았으면 좋겠다고 했다.
그래서 어린 나이에 떠나는 외국 여행도
그저 잘한다 잘한다 해주었다.

세상이 이렇게 넓고
보고 배울 게 얼마나 많은데
뭐하러 여기서 매일 똑같은 것만 보고 사느냐고 했다.

그래서 나의 이 여행을 누구보다 좋아했다.

아빠.
여기는 스페인인데 여기 사람들도 쌀을 먹어요. 볶음밥도 해 먹고요.
버스 한 번만 타면 포르투갈도 갈 수 있고
낮에는 햇볕이 너무 뜨거워서
다 같이 낮잠 자는 시간도 있어요.

아빠는 내 전화를 무척 재미있게 들었다.

알고 있다.
자식들 키우는 게 힘들어
쉽게 여행 한 번 못 갔을 젊은 아빠를.
나의 여행을 본인이 더 흐뭇해하는 지금의 아빠를.

스페인 사람들이 쌀밥을 먹고
밤 아홉시에도 해가 지지 않는
눈부시게 밝은 밤을
아빠에게도 보여줘야지.

세상은 정말 아빠 말대로 이렇게 넓다는 걸 꼭 보여줘야지.

All life

7시간을 달려 국경을 넘는다.
팔에 검버섯이 피고
주름이 자글자글한 나이가 되어도
다른 나라에 도착하면 창밖을 궁금해하는 건 똑같다.

내 앞자리에 앉은 고운 할머니가
남편을 깨우는 걸 보고
나도 잠든 남자친구 아니, 이제 남편이 된 사람을 깨운다.

- 여보, 우리 지금 포르투갈이야!

낡고 투박하지만 멋진 도시.
멋지다고 표현할 수밖에 없는 나의 글재주를 원망하게 되는 곳.

혼자 여행하면서 가장 좋았던 곳은 포르투였다.
그 멋진 곳을 정말로 다시 오게 될 줄은 몰랐다.
그것도 신혼여행으로.
역시 인생은 한 치 앞도 알 수 없는 것이다.

슬럼프였던 나를 한 달 동안 여행 보내고
혼자서 회사를 지켰던 나의 오래된 연인에게
꼭 보여주고 싶었던 곳.

여기는 내가 밤에 전화했었던 데야.
여기는 내가 엄청 맛있다고 했던 식당이야.

한 번 와봤다고 나는 재잘재잘
오랫동안 살았던 우리 동네처럼 말을 한다.

내 지난 경험과 그때의 감정들이
오늘의 사랑과 만나 엄청난 시너지를 만들고 있다.

나는 자꾸만 들뜨고
붕붕 날아다닌다.

짧은 여행에서도 느끼게 된다.
사람은 역시 변하지 않는구나, 라고.

지금까지는 변하지 않는 것
그것 때문에 서로를 어려워하고 자주 싸웠다.

그러나 변하지 않는 것 때문에
우리의 사랑 아니, 우리의 우정이 변하지 않았다.

그건 바로 유머 코드.

같은 걸 보고 같이 웃을 수 있다는 게
같은 영화를 좋아하는 것보다 훨씬 큰 공감대이다.

할머니, 할아버지가 되어서도
별거 아닌 것에 깔깔거리고 있을
푼수 같은 모습을 생각하니 너무 즐겁다.
그러니 지금까지 내가 발견한 그의 단점은 잠시 접어둔다.

아, 역시
여행은 우리의 삶에 꼭 필요한 것이었다.

SAGRES
SAGRES
SAGRES

굳이 내가 메도 되는 가벼운 배낭을 메고
캐리어를 끌면서 앞장선다.
굳이 끙끙 어이차 어이차 소리를 내면서.

뒤따르는 나를 가끔씩 돌아보며
이런 남편이 어디 있냐며 윙크를 한다.
그럼 나는 그냥
'나 결혼 잘했다'라고 대충대충 말해준다.
영혼 없는 말에도 우쭐해하는 유치한 구석이
엊그제 결혼한 내 남편의 매력.

아무리 좋은 가이드북이 있다 해도
꼭 가봐야 할 장소의 리스트 같은 게 있다 해도
우선은 아무 데나 가고 싶은 대로 가본다.
그러면 어느 곳에서도 알려주지 않은
이런 천국도 발견하게 된다.
나에게는 유명한 궁전이나 탑보다 좋았던 바구니 가게.

화려한 글씨도 없고 좋은 성분이다 내세우지도 않는 이런 디자인. 그런데 마음을 홀랑 빼앗겨 버리는 디자인. 단단한 자신감이 느껴져 좋았다. 온갖 달콤한 말로 애쓰지 않아도 좋은 사람인 티가 팍팍 나는 사람. 꼭 그런 사람 같아 보였다.

언제 어떻게 쓸지는 모르겠지만 우선은 산다. 손으로 하나하나 만들었을 이 물건들이 너무 귀여워서.

whenever
whatever
wherever
all okay

여행이라고 마냥 좋고 설레기보다
일상에 대한 그리움이 어느 정도 있어서 더 좋다.
매일 불완전한 날들이지만
그래도 괜찮게 살고 있었나 보다.
그런, 안심이 들어서 좋다.

비포 선라이즈 안으로 들어왔다.
낭만이라는 것이 터져버린 순간.

OKAY LIFE
OKAY LIFE
OKAY LIFE
OKAY LIFE
OKAY LIFE
OKAY LIFE

지난날의 사진과 일기에는
울고 웃고
행복해하고 질투를 하고
미워하며 뭉클해하던 내 모습이
그때 그대로 여전히 있었다.

별거 아닌 사진 하나가
그 시절 전부를 그리워하게 만들고
아무 날도 아닌 어느 날의 일기가
잊고 있던 시간 전부를 불러와 버렸다.

나보다 더 많은 걸 기억하는 그때의 글과 사진들.

그래서 우리는
오늘 먹은 맛있는 밥을 찍고
카페의 예쁜 커피잔을 찍고
함께 만난 사람들과 사진을 찍는다.

서글프지만 다시는 돌아갈 수 없다는 걸 알기 때문에.

당연히,

앞으로 한참이나 청춘이고

좋은 시절이 많이 있겠지만

지금의 이 젊고 생생한 시간이

벌써부터 너무나 아깝다.

뽀글뽀글 짧은 할머니 파마머리 말고
진짜 나한테 잘 어울리는 머리를 하고

가끔은 과감한 옷을 입으며
무엇보다 늘 사진을 찍으며
여행을 하는 귀여운 할머니가 되어야지.

정말이지
작고 사소하여 하찮은 것에도
끊임없이 감동하며
큰돈 들이지 않고도
삶의 재미를 찾으며 살고 싶다.

나의 꿈은
언제나 소꿉놀이 같은 인생이다.

Okay days

-

일 년 365일 하루 24시간

쓰다, 찍다, 모으다

spring

봄

연애하기
좋은 계절

올해도 짓는
상추 농사

꽃 한 송이에
녹아버리는 마음과

딸기 몇 알에
풀려버리는 기분

괜히 신이 나서
자전거를 타고

김밥을 싸서 어디라도 가고
싶어지는 계절

이런 풍경의
커피 한 잔과

봄볕 아래의
우리는 축제이자 축복

Summer

여름

맥주를 마시며 떠나는
기차여행과

꼭 맨발이어야만 하는 계절

천둥 소리에 놀라는
고양이와

수박을 위해 존재하는
한여름

여름의 무화과나무

그 여름에 빠진 나

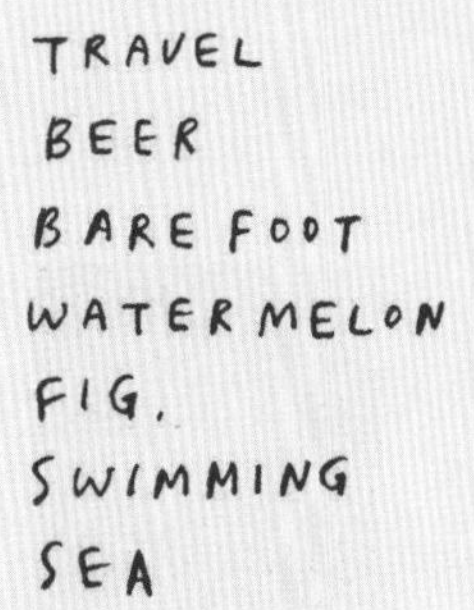

가장 좋아하는 계절에

가장 좋아하는 꽃, 능소화

fall

가을

가을과 낭만고양이

괜히 마음이
싱숭생숭해지고

따끈한 커피 생각도 나지만

가을에 제일
중요한 건 바로 내 생일

산으로 캠핑을 가고

돗자리 들고 한강에 가는
가을의 일요일과

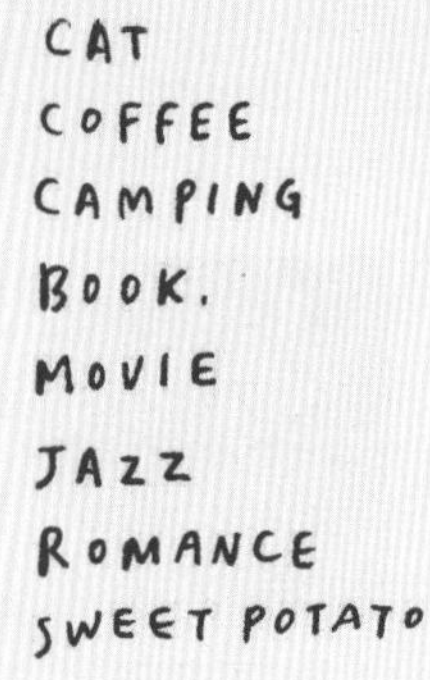

읽고 싶었던 책을 몽땅
선물 받고

똑같은 신발을 맞춰 신는
가을의 사랑

winter

겨울

말만 들어도 행복한
화이트 크리스마스

겨울분위기를 내고 싶어서
걸어둔 하얀 눈사람

보온병과

폭신하고 두툼한 실내화로
월동 준비

여전히 한겨울의
포장마차를 좋아하며

난로에 구운 떡을
즐겨 먹는다

CHRISTMAS
SNOW MAN
KEEP WARM
SWEET HOME
CANDLE
WINE
MANDARIN

크리스마스 트리와 촛불로
분위기를 잡지만

사실은 겨울잠만 자는 날들

마치며

집으로 가는 길.

그런 걸 왜 찍냐는 소리를 들을 만큼
별거 아닌 장면이지만
나는 좋았다.

퇴근길에 노랗고 파란 걸 사서
비닐봉지에 덜렁덜렁 들고 가는 게.

별 탈 없이 잘 살고 있는 것 같아서 좋았다.

내가 쓴 이 글을 참 좋아한다.

이런 하루들이 차곡차곡 잘 모여서
오케이 라이프.

걱정 없이 잘 살아서가 아니라
없는 걱정도 사서 하는 나를 위해서
오케이 라이프.

정말 그렇게 된다면 좋겠다.

모두의 오케이 라이프를 응원하며

사랑을 담아,
오송민

개정판을 내며

여전히 비슷한 모습으로 살아가고 있다.

작은 기쁨과 작은 슬픔을 오가며
매일의 위로와 좌절을 넘나들며.

쉬운 마음만 가지고 싶은데 문득문득 슬퍼질 때가 있다.
나에 대한 안 좋은 말들이 속상해서,
늙어가는 부모님의 뒷모습이 슬퍼서,
지금의 청춘을 얼마나 아쉬워하게 될까,
벌써부터 지금의 내가 그리워서.

그러다가도 웃게 되는 건
횡단보도 건너편에서 손을 흔드는 내 사랑과
파란불로 바뀔 때까지 서로를 바라보는 짧은 시간의 설렘 때문에,
날씨 좋은 토요일 오후의 약속과 조금 줄어든 몸무게와
미루던 일을 했을 때의 조그마한 성취감들 때문이다.

앞으로도 꾸준히 쓰고 싶다.
우리의 작은 기쁨과 슬픔과
매일의 위로와 좌절에 대하여.
우리의 마음을 뭉클하게 하는 세상 모든 것들에 대하여.

별일 없는 시시한 날에도

작지만 위대한 것들을 찾아 계속해서 쓰고 싶다.

그렇게 쓴 글이 누군가에게 어떤 위로가 된다면 그걸로 됐다고 생각하면서.

얼마 전에 벚꽃 놀이를 다녀왔어요.

꽃을 보면서 지금보다 더 열심히 사랑하고 싶다는 생각을 했어요.

'내 사람들을, 나의 일을, 나를 더 많이 사랑하자' 같은 생각이요.

요즘에는 수박을 사고 여름 휴가 계획을 세웁니다.

곧 있으면 바닷가에서 친구들과 신나는 여름밤을 보내겠죠.

시간이 좀 더 흐른 어느 아침 출근길에는

양희은의 '가을 아침'을 들을 거예요.

어제보다 확실히 차가워진 바람의 온도를 느끼며

"아, 가을이구나" 말할 날을 그려봅니다.

첫눈이 온다고 사랑하는 사람에게 전화를 하고

붕어빵 봉투를 꼭 껴안고 퇴근하는 날도 오겠죠.

그러다 우리는 또 다시 벚꽃을 보러 갈 거예요.

이런 장면들을 떠올리면 위로가 됩니다.

계절과 함께 그때의 행복들이 차근차근히 줄을 서 있는 것 같아서 마음이 충만해져요.

계절의 행복 속에서

꽤 괜찮은 모습으로 나이 들어가고 싶어요.

의젓하고 단단한 마음으로

따뜻하고 용감하게 살고 싶습니다.

요즘에는 작은 야망에 대해 적어 보고 있어요.

하고 싶은 일 대신에 작은 야망이라고 쓰고 나니

좀 더 그럴듯한 기분이 듭니다.

일주일에 한 권 책을 읽고
매일 일기를 쓰며 나를 다독이는 시간을 가질 것.
하고 싶은 일은 다음으로 양보하지 않고
무엇을 할 때 행복한지 적극적으로 찾아볼 것.

어젯밤 일기에는
프랑스에서 한 달 동안 살아보고 싶다고 썼어요.

이것이 저의 작은 야망입니다.

나만의 작은 야망을 이루어 나가며
지금의 이 기쁨을 당연하게 흘려보내지 않고
이대로도 충분하다고 느끼는 날들.
우리 모두 그런 나날을 보내길 바랍니다

모두에게 저의 그윽한 응원을 보냅니다.

또 한 번의 사랑을 담아,

오송민

우리
모두의

오케이
라이프

Okay life

오케이 라이프

개정판 1쇄 발행 2019년 6월 17일
4쇄 발행 2023년 4월 20일

지은이 오송민
펴낸이 이광재

책임편집 김미라 **교정** 오지은
디자인 이창주 **마케팅** 정가현 **영업** 허남, 성현서

펴낸곳 카멜북스 **출판등록** 제311-2012-000068호
주소 서울특별시 마포구 양화로12길 26 지월드빌딩 3층
전화 02-3144-7113 **팩스** 02-6442-8610 **이메일** camelbook@naver.com
홈페이지 www.camelbooks.co.kr **페이스북** www.facebook.com/camelbooks
인스타그램 www.instagram.com/camelbook

ISBN 978-89-98599-44-7 (03810)

• 책 가격은 뒤표지에 있습니다.
• 파본은 구입하신 서점에서 교환해 드립니다.

• 이 도서의 국립중앙도서관 출판예정도서목록(CIP)은 서지정보유통지원시스템 홈페이지(http://seoji.nl.go.kr)와 국가자료공동목록시스템(http://www.nl.go.kr/kolisnet)에서 이용하실 수 있습니다. (CIP제어번호 : CIP2018007459)